Jeosafá Fernandez Gonçalves

Carolina Maria de Jesus

Uma biografia romanceada

NOVALEXANDRIA

Copyrigth dos textos © Jeosafá Fernadez Gonçalves, 2021
Copyrigth das ilustrações © Ricardo Tatoo, 2021
Direitos de publicação: © Editora Nova Alexandria

Coordenação Editorial
Rosa Maria Zucheratto

Edição
Susana Ventura

Capa
Roberta Asse, a partir de arte de **Ricardo Tatoo**

Revisão
Susana Ventura e Renata Melo

CRÉDITOS DAS IMAGENS:
Página 3 – Arquivo Nacional, Chancelaria-MOR, BR_RJANRIO_PH_0_FOT_26878_003
Página 6 e 26 – (Carolina autografando) Arquivo Nacional, Chancelaria-MOR, BR_RJANRIO_PH_0_FOT_26878_d0001de0006
Páginas 10 e 11 – Arte de Ricardo Tatoo
Página 14 – (Carolina autografando a primeira edição de Quarto de Despejo) - Arquivo Nacional, Chancelaria-MOR, BR_RJANRIO_PH_0_FOT_26878_005
Página 18 - Arquivo Nacional, Chancelaria-MOR, BR_RJANRIO_PH_0_FOT_26878_d0002de0006
Página 46 – Arquivo Nacional, Chancelaria-MOR, BR_RJANRIO_PH_0_FOT_26878_006
Página 50 e 51 – Arte de Ricardo Tatoo
Página 54 –(Audálio Dantas fotografado por Cadu Bazilevski), Acervo pessoal de Vanira Kunc.
Página 56 - (Carolina com o presidente João Goulart) Arquivo Nacional, Chancelaria-MOR, BR_RJANRIO_PH_0_FOT_26878_003
Página 57 – (Carolina com Miss Renascença) Arquivo Nacional, Chancelaria-MOR, BR_RJANRIO_PH_0_FOT_26878_003
Página 58 – (Notícia de jornal) Arquivo Nacional, Chancelaria-MOR, BR_RJANRIO_PH_0_FOT_26878_006V

Dados Internacionais de Catalogação na Publicação (CIP)
Tuxped Serviços Editoriais (São Paulo, SP)
Ficha catalográfica elaborada pelo bibliotecário Pedro Anizio Gomes – CRB-8 8846

G635c   Gonçalves, Jeosafá Fernandez.

Carolina Maria de Jesus: uma biografia romanceada / Jeosafá Fernandez Gonçalves. - 1. ed. – São Paulo, SP : Editora Nova Alexandria, 2021.
96 p.; il.; fotografias; 16 x 23 cm.

ISBN 978-65-86189-81-0.

1. Determinação. 2. Empatia. 3. Literatura Juvenil. 4. Negritude. 5. Resiliência. I. Título. II. Assunto. III. Gonçalves, Jeosafá Fernandez.

CDD 028.5
CDU 087.5 (81)

ÍNDICE PARA CATÁLOGO SISTEMÁTICO
1. Literatura Brasileira: Infantojuvenil.
2. Literatura: Infantojuvenil, livros para crianças, livros de figuras (Brasil).

Todos os direitos reservados e protegidos. Nenhuma parte deste livro pode ser reproduzida total ou parcialmente, sem a expressa autorização da editora.

O texto deste livro contempla a grafia determinada pelo Acordo Ortográfico da Língua Portuguesa, vigente no Brasil desde 1º de janeiro de 2009.

SUMÁRIO

Apresentação: a biografia romanceada 6

Quando a mulher negra se move, toda a estrutura da sociedade se move com ela 9

1. Eu sou a narradora dentro de você. 14
2. Então quem sou eu?. 16
3. Você é teimosa!. 20
4. Tempo, tempo, tempo, tempo 23
5. Francamente! 26
6. Ano de 1927 beeeem resumido 29
7. Roda, roda, roda e volta pro mesmo lugar 31
8. Trabalho onde quer que apareça 33
9. Pequenas felicidades 35
10. Feiticeira 37
11. A vida real e a vida escrita não são a mesma coisa . .43
12. Minha filha, vá para a cidade grande 45
13. Se é pra ser, que seja como no cinema 47
14. Luz! Câmera! Ação 49

15. A perua que leva pro céu 52

16. A camionete que leva para a roça 55

17. Boia-fria 57

18. Rumo a São Paulo 59

19. Uma vez rebelde 62

20. Duas vezes rebelde! 65

21. Sempre rebelde! 67

22. João José 69

23. José Carlos 72

24. Vera Eunice 74

25. Duas mulheres enfrentam o mundo 78

26. Chegou a hora 80

Para saber mais 86

O gênero 89

O autor 90

Quem foi a biografada 92

APRESENTAÇÃO:
a biografia romanceada

Conhecer o mundo é uma das coisas mais apaixonantes da vida. O mundo é imenso, cheio de segredos a serem descobertos, belezas a serem vistas, aventuras a serem vividas e... histórias a serem conhecidas.

Há histórias de todos os tipos: sobre coisas acontecidas, sobre coisas que estão acontecendo, sobre coisas que vão acontecer. Há também histórias reais, para a gente se informar e aprender — como as notícias, os relatos, as descrições dos livros científicos ou didáticos. E há ainda histórias inventadas, para a gente soltar a imaginação, se divertir e refletir sobre a vida e o mundo, como as fábulas, as parábolas, os contos de fada e literários, as novelas e os romances de ficção — outro nome que se dá para a fantasia.

A escolha do gênero biografia romanceada para abordar a vida de Carolina Maria de Jesus é porque esse gênero literário tem um lugar especial no coração do público. No mundo inteiro, os gêneros ficcionais estão entre os mais procurados por leitores de todas as idades, pelo poder de encantamento que encerram — eles nos transportam no tempo, no espaço e na imaginação.

Se o romance, gênero apreciadíssimo no Brasil, exerce um poder de sedução especial sobre o leitor, mais intenso ainda é esse poder quando ele se apoia sobre a vida real — haja vista o sucesso dos filmes baseados em fatos reais, com frequência campões de bilheteria.

A criança entre 10 e 12 anos já está habituada à fantasia dos desenhos de HQs, de filmes e animações de TV e cinema, mas também, no mais das vezes, via escola, à fantasia proporcionada pelas fábulas, parábolas e contos populares/tradicionais, de fada ou maravilhosos. A biografia romanceada é, assim, apenas um texto um pouco mais extenso.

A estrutura narrativa do romance, assim como o conto, já é conhecida dos estudantes das séries iniciais do Ensino Fundamental. Uma das narrativas mais famosas de todos os tempos, que alguns consideram na origem do gênero, são as *Mil e uma noites*, em que a lendária Sherazade, para escapar à morte, narra a seu Sultão histórias maravilhosas, nas quais o fim de uma está sempre amarrado ao início da próxima, numa cadeia infinita.

Sendo uma narrativa, muito embora literária, a biografia romanceada tem com as demais narrativas, ficcionais ou não, o mesmo parentesco de estrutura, com seis elementos bem conhecidos:

Quem?: autor, narrador e personagens (que podem ser representações humanas ou não).

O quê?: os fatos representados.

Quando?: o tempo em que os fatos ocorreram.

Onde?: os espaços em que os fatos se deram.

Como?: o enredo ou sequência de fatos.

Por quê?: as motivações dos fatos e das personagens.

Toda narrativa tem um autor, que é quem a inventou ou criou. Sua cultura, suas preferências, sua nacionalidade, sexo, idade, se refletem na escrita. Por exemplo, Machado de Assis escrevia de uma maneira quando jovem, e de outra quando maduro. Sua escrita madura é que o tornou famoso.

Cada história tem um narrador próprio, que é inventado do pelo autor. Nesta narrativa *Carolina Maria de Jesus — Uma biografia romanceada*, a narradora é a voz interior da personagem ainda criança. Essa voz, que fala dentro da cabeça — ou do coração

— da menina, vai contanto a história da escritora que se tornou um verdadeiro fenômeno de nossa literatura. Como se trata de biografia romanceada, os fatos, os cenários, as épocas reais da vida de Carolina Maria de Jesus serviram de base para o enredo.

Porém, esta biografia romanceada é um texto de ficção, em que a fantasia comanda tudo e que tem o objetivo de entreter, divertir, estimular a imaginação e o gosto pela leitura — diferentemente da biografia histórica ou jornalística, que tem a obrigação de informar e de representar os fatos tal como eles aconteceram na vida real.

Quando a mulher negra se move, toda a estrutura da sociedade se move com ela

O título acima, uma citação da filósofa norte-americana Angela Davis, se aplica a todas as mulheres negras do planeta. Porém, quando a gente descobre o que foi a vida de Carolina Maria de Jesus é que entende, com a mente e com o coração, o que essa frase famosa de Angela quer dizer.

Carolina, de menina sonhadora do interior das Minas Gerais, foi literalmente atirada ao lixo, viveu no lixo, e sustentou sozinha a si e aos filhos do lixo catado pelas ruas da cidade de São Paulo.

Porém, morando em um barraco de madeiras catadas no próprio lixão, na favela do Canindé, várzea do rio Tietê, atravessada pelo esgoto a céu aberto, correndo em meio a vielas de terra, ela, aos 44 anos de idade, pôs nas mãos do jornalista Audálio Dantas, que fazia reportagem na favela para o jornal *Folha da Noite*, hoje *Folha de S. Paulo*, no ano de 1958, os originais manuscritos de um dos livros mais comoventes, fortes e cheio de coragem da literatura brasileira: *Quarto de despejo – Diário de uma favelada*.

Quando Carolina Maria de Jesus se moveu e publicou esse seu primeiro livro, as estruturas que condenam mulheres, crianças, negros, índios e pobres a uma vida tão dura saltaram pelos ares, como prevê Angela Davis, e vieram à luz sem meias palavras. Até hoje, *Quarto de despejo*, já publicado em mais de quarenta países e pelo menos dezesseis idiomas, sacode as estruturas de nosso Brasil e de um mundo tão lindo e ao mesmo tempo tão injusto — e mesmo cruel — para a maioria.

Mas nos livros dessa incrível escritora, que sacudiu o lixo de cima de si e venceu os preconceitos de forma tão impressionante, não há rancor. Há poesia, simplicidade, sentimento de justiça e uma visão aguda, que atravessa as dificuldades e enxerga o sol que fica além da montanha de lixo — mas que pode ser alcançado. E ela se dá, humilde e genial, como exemplo, dessa jornada dura, mas possível, rumo ao sol.

Esta pequena biografia romanceada, baseada na vida de Carolina Maria de Jesus, eu escrevi para você conhecê-la — e refletir se o bonito exemplo de perseverança e superação que ela dá ainda tem valor nos dias de hoje, quando o mundo parece às vezes querer girar para trás. Eu me inspiro muito nela quando enfrento dificuldades — e ela me dá muita força.

Então, a seguir, para você, esta Carolina Maria de Jesus — meio real, meio inventada, mas cem por cento verdadeira.

O autor

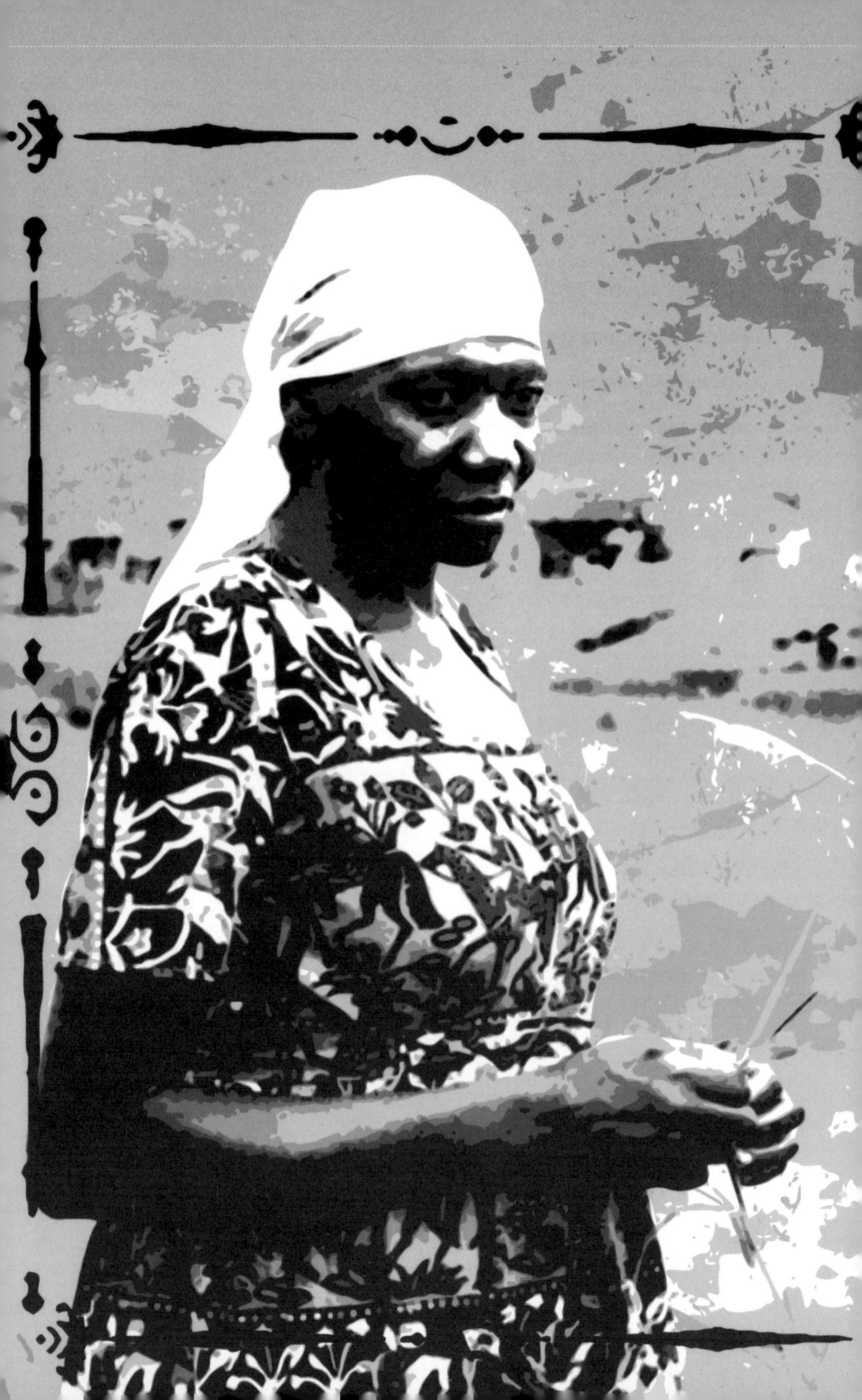

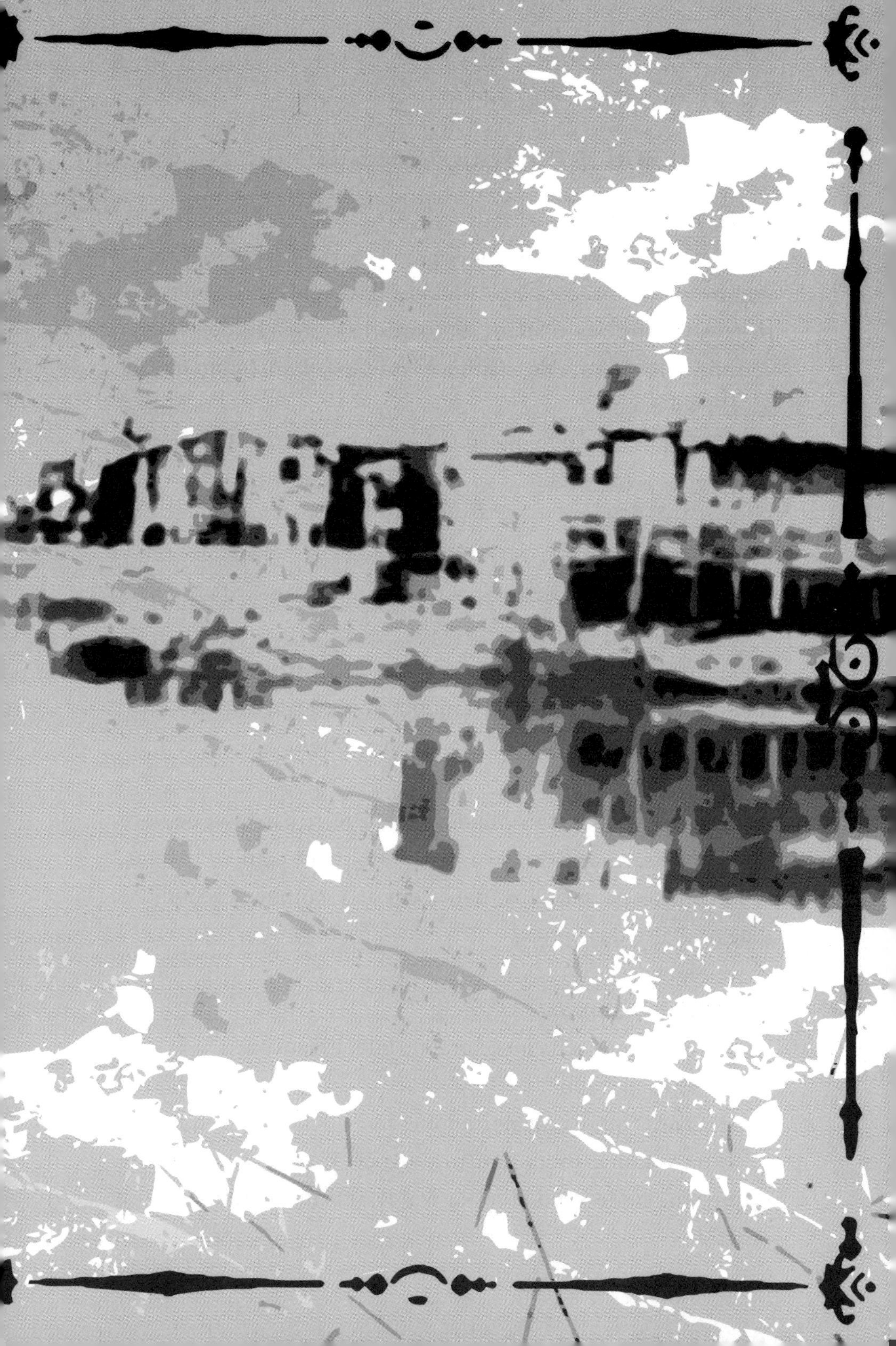

1. Eu sou a narradora dentro de você

Boooom diiiiia!

Que está fazendo aí, menina? Com um sol desses, essa manhã deliciosa, essa belezura de passarinhos fazendo tic-tic nos galhos das plantas, as joaninhas fugindo deles, esse ventinho fresquinho da manhã, essas pipas rabiolando no céu azul? Está doente?

— Não tô doente nada. Tô brincando com minha boneca, me largue.

Não largo.

— Quer conversar com minha boneca?

Não, quero que você saia por aí correndo no meio das plantas do quintal.

— Você quer, mas eu não quero. Quero ficar aqui onde estou paradinha, imaginando que a minha boneca fala comigo.

Ah, tá. Mas então eu vou ficar aqui também.

— Não me atrapalhe.

Atrapalho. Ou melhor, ajudo. Sabia que, se não fosse eu, você não conversava com boneca nenhuma, nem com as plantas, nem com os passarinhos, nem com as joaninhas escondidas deles debaixo das folhas?

— Seu nariz.

Meu nariz uma ova.

— Quem você acha que é pra me falar essas coisas?

Eu sou a narradora.

— Vixe! O que é uma narradora?

Uma voz que mora dentro de você, que vê tudo e conta o que viu, sente tudo e conta o que sentiu, imagina tudo e conta o que imaginou... Essas coisas todas que sua mãe acha esquisito em você, quando você fala sozinha.

— Ela acha que sou doida...

Acha nada. É da boca pra fora. Ela também tem a narradora dentro dela, só que em vez de conversar com bichos, plantas, coisas existentes ou inventadas, ela canta.

— Eita! Então quando ela canta lavando roupas no tanque, estendendo no varal e embrulhando na trouxa para levar para a patroa ela está "conversando" com a narradora dela?

Está. E quando canta fazendo tudo isso, o tanque parece ter menos roupa, o varal parece menor e a trouxa de roupas parece ser menos pesada — e até o dinheirinho pouco que ela recebe parece maior.

— Vixe, então a vida é uma coisa dentro da fantasia?

É, a vida é uma coisa dentro da fantasia. E, fora da fantasia, a vida é outra coisa.

— Você está zombando de mim.

Estou. Quer o quê? Só porque sou uma voz dentro de você não quer dizer que não faço o que quero.

— Se você mora dentro de mim, então eu mando em você, pronto e acabou!

Nem pronto, nem acabado. Não manda em mim coisa nenhuma, que ninguém manda em mim.

— Se eu não mando, então minha mãe manda.

— Manhêêê! Tem uma coisa falando dentro da minha cabeça.

— Deixe de bestagem, menina!

2. Então quem sou eu?

— Todo mundo tem uma voz assim, falando o tempo todo dentro da cabeça, senhora narradora dentro de mim?

Falando o tempo todo, não, que, às vezes, é bom ficar quieta. Mas mesmo quando não está falando, está narrando, porque dá para narrar sem falar. A pessoa fecha os olhos, ou se distrai de olhos abertos, e as lembranças e imagens vão acontecendo igual no cinema, uma atrás da outra.

— Então dá para narrar, além de coisas acontecidas, coisas inventadas, imaginadas...

Dá. E dá para narrar até sobre o futuro.

— Então aí é adivinhação...

Pode ser adivinhação, mas pode ser também previsão.

— Qual a diferença entre adivinhar e prever? Pra mim é tudo igual.

Mas não é igual, não. A adivinhação pode ou não acontecer, é meio magia, sorte. A previsão é mais parecida com a ciência: dá para calcular se vai ou não acontecer.

— E daí...

Daí que se o cálculo estiver certo, a previsão acerta na mosca.

– Senhora narradora, a voz que fala dentro de uma pessoa é a mesma que fala dentro de outra?

Lógico que não.

— Não tem nada de lógico em uma voz ficar falando dentro da cabeça da gente...

Tem muita lógica, sim. Cada pessoa é diferente da outra. Não existe nem nunca existirão no mundo duas pessoas iguais, nem gêmeos idênticos são iguais. Então, cada uma tem uma voz só sua dentro de si.

— Então eu não sou doida.

Não, é normal. Todo mundo conversa com sua voz interior. Doido é quem não admite.

— Você, senhora narradora dentro de mim, é bem esquisita...

Não é que eu seja esquisita, é que eu sou diferente, e por causa disso você também é. Embora todo mundo converse com sua voz interior, alguns resolvem escrever essas conversas. Você será uma delas

— Ah! Ah! Ah! Errou na previsão. Eu nem sei escrever direito ainda. Fui para a escola, fiquei só dois anos lá, mas tive que largar os estudos, para ajudar minha mãe a lavar roupa e fazer a roça.

Pois acredite na narradora que mora dentro de você! Só com

esses dois anos de estudo você se tornará uma grande escritora. Seu livro mais famoso vai rodar mundo em mais de quarenta países, em dezesseis línguas diferentes.

— Só faltava essa. Isso parece mais adivinhação do que previsão. Só vai acontecer por sorte.

Só porque você quer, rá-rá. Essa narradora que mora dentro de você não vai deixar você em paz nunca, até você encher cadernos e mais cadernos de histórias que, depois de publicadas, vão deixar as pessoas de boca aberta.

— Tá, digamos que eu acredite na sua "previsão", se você é a narradora que mora dentro de mim, quem pôs você aí?

Ninguém, eu nasci com você, você foi crescendo e eu também. Você não ama falar com sua boneca de pano, com bichos, estrelas, coisas, plantas?

— Adoro.

Eu também.

Você não adora pensar sobre tudo?

— Até demais, minha mãe e meus irmãos dizem.

Você não amou aprender a ler?

— Nossa, nem fale!

E escrever?

— É a coisa mais maravilhosa do mundo!

Viu? Ninguém me pôs dentro de você. Eu sou você que escreve.

— Se você sou eu, quando escrevo, então, ara! Quem sou eu?

Por enquanto, uma menina sonhadora. Mas se quiser, conto a você o que você será.

— Quero que me conte, tudo!

Não tem medo do que o futuro guarda para você?

— Nem um tiquinho.

Mas a vida de todo mundo termina na morte. Quer mesmo saber o futuro?

— Espera... Deixa eu pensar... Afinal, saber quando será a hora de nossa morte é horrível...

Concordo, se quiser, eu pulo essa parte.

— Eu vou morrer nova ou velha?

Velha, para a época.

— Dá pra pular as partes tristes?

Se pular tudo, nem você nem ninguém vai dar valor para as partes felizes e de vitórias, que serão maravilhosas, vindas de muita luta.

— Vou confiar em você, minha voz interior, minha narradora.

Confie desconfiando, porque, já lhe disse, não faço tudo o que você quer. Durante a vida, muitas vezes você vai querer uma coisa e eu outra.

— Então já estou desconfiando.

Mas já? Nem comecei as previsões ainda!

— Você não respondeu minha pergunta.

Pergunta? Que pergunta?

— Quem sou eu.

Ah-rá! Já respondi, sim: disse que é uma menina sonhadora.

— Menina sonhadora não é nome de ninguém! Ara!

3. Você é teimosa!

Ora! Você é Carolina Maria de Jesus, essa parte eu poderia pular, pois você sabe muito bem quem é...

— Sei um pouco, mas não sei muito...

Você nasceu em Minas Gerais e é neta de pessoas que foram escravizadas para trabalhar na lavoura e nas minas de ouro e prata.

— É por isso que Minas Gerais tem esse nome?

Sim.

— Por que escravizavam as pessoas?

Para os donos das minas e das fazendas não terem que pagar para elas trabalharem. Quer que eu pule essa parte?

— Não. Se as pessoas escravizadas não recebiam dinheiro para trabalhar, como é que viviam?

Presas em uma senzala. Só saíam para trabalhar, vigiadas pelos capatazes das fazendas. Comiam e vestiam o que os fazendeiros e donos das minas davam, chegavam a trabalhar dezoito horas por dia, sem descanso em nenhum dia da semana e só paravam em dias especiais, como em festas religiosas.

— Por que não fugiam?

Fugiam, mas eram presos novamente e torturados, para não tentarem outra vez. Muitos eram mortos, para servirem de exemplo e para pôr medo nos demais.

— Então meus avós foram muito sofridos...

Sofridos e pobres...

– E por que minha mãe, meus irmãos, eu... não somos escravos, se meus avós eram?

Porque, depois de muitas revoltas, o mundo foi mudando e o Brasil, mesmo atrasado, acompanhou as mudanças. A escravidão acabou, mas...

— Mas...

A pobreza e a violência, não.

— Por que não? Que injusto!

Porque as pessoas escravizadas foram libertadas pela lei, mas não deram a elas nem terras para plantar, nem trabalho com salário bom para viver.

— Por isso que minha mãe trabalha tanto, a gente nem tem onde morar e não tem dinheiro quase nem para comer?

Por isso, sim.

— Nossa, minha voz interior, como você é sabida. De onde tira essas ideias?

Pensando, observando como as coisas são, comparando quem lava as roupas com quem as manda lavar, lendo, quando um jornal, revista ou livro passa por seus olhos...

— Quando eu for uma escritora famosa, vou pôr todas essas ideias no papel?

Sim, mas não nessa ordem: primeiro colocará essas coisas no papel, cadernos e mais cadernos, cheios, um após outro durante muitos anos. Só depois é que seu amor pela escrita será reconhecido e você se tornará uma mulher de muito sucesso.

— Minha querida narradora que mora dentro de mim, quanto tempo vai demorar para isso acontecer?

Ah! Nada de importante e duradouro acontece rápido. Então, prepare-se, porque você será uma mulher forte, mas a sua maior força será a paciência, que sua mãe chama por outro nome.

— Qual?

Teimosia.

— É isso que ela quer dizer quando fala que, quando a gente quer uma coisa, tem que teimar até conseguir?

— Sim!

Então eu serei uma mulher teimosa!

Já é. Por isso continua falando comigo, mesmo quando sua mãe manda você parar de falar sozinha.

4. Tempo, tempo, tempo, tempo

Pra quem narra, o tempo é tudo, mas se a gente não põe ordem nele, fica tudo misturado, uma bagunça: presente, passado, futuro viram uma confusão só.

— E como se põe ordem no tempo?

Partindo da gente mesma. Quer ver?

— Quero.

Então vamos a um jogo de perguntas e respostas. Eu pergunto, você responde, e assim vamos pondo o tempo em ordem, para depois navegar para trás, no passado, e para frente, no futuro.

— Pode começar.

Que ano é este?

— Essa é fácil: 1924.

Isso. Falei de cinema lá atrás, quando disse que dá para narrar sem palavras, lembra?

— Lembro...

Pois então, o cinema em 1924 é mudo. O som só vai aparecer no cinema lá pelo ano 1929. E você só vai pisar em uma sala de cinema daqui a muitos anos, quando for famosa, porque, até lá, não terá dinheiro para pagar o ingresso para assistir a filme nenhum, aliás, não terá dinheiro nem para comer, nem para sustentar seus filhos.

— Ah! Narradora malvada. Devia ter pulado essa parte!

Desculpe, não dá para *desfalar* o que foi falado. As palavras não voltam para a boca, e o texto lido não pode ser *deslido*, embora possa ser esquecido. Prometo tentar me controlar, quando der, se der. Por falar em controlar, vamos continuar controlando o tempo. Que idade tem hoje?

— Dez anos, nasci em 14 de março de 1914.

Sabe que não dá para controlar o tempo sem falar do espaço, não é?

— Não entendi.

O tempo é uma sequência de coisas que acontecem no espaço. Quer ver? Em que cidade você nasceu?

— Em Sacramento, Minas Gerais.

E onde estamos agora, neste ano de 1924?

— Em Lajeado, também Minas Gerais.

Quando vieram para cá?

— Ano passado, 1923.

Por quê?

— Porque só lavar roupas para fora, como minha mãe fazia, não dava para a gente sobreviver.

E o que ela faz aqui em Lajeado agora?

— Agora ela trabalha na roça, e a gente ajuda como pode.

E...?

— Continuamos passando muita necessidade.

Se eu disser que daqui a três anos, em 1927, estarão em Franca, no estado de São Paulo, sua família, trabalhando na roça, e você, de empregada doméstica na cidade, passando muita, mas muita, mas muita necessidade, você acredita?

— Humpf! Vou seguir seu conselho: confiar, desconfiando... Afinal, como quer que eu acredite que vou virar uma escritora famosa, se minha família perambula de cidade em cidade passando fome? Não dava para mudar o futuro?

Olha, Carolina, daria, se fosse história inventada, mas não é; e se eu fosse você, mas não sou – sou só sua parte que escreve, que prevê, mas não inventa. A única que poderia mudar o futuro seria você mesma. Porém, fique tranquila, você mudará.

5. Francamente!

— Minha filha, ocê completou treze anos já é moça pro trabalho. Vou com seus irmãos capinar e pelejar na roça, mas ocê vai arranjar serviço em casa de gente na cidade, que Franca tem muitos que precisam de quem saiba faxinar, lavar roupas e fazer comida como ocê.

— Vou, minha mãe, mas por onde começo, que não conheço ninguém por aqui!

— Conversei com um moço que é colono na fazenda. Ele vai descobrir quem precisa e ficou de avisar.

— Tá bom.

— Falei nele, e olha ele aí...

— Boas tardes, comadre!

— Boas, seu Osório. Como está?

— Bem. Essa é sua filha Carolina?

— Ela mesma, de quem lhe falei...

— Tem serviço pra ela, é serviço de pobre, paga pouquinho, mas paga.

— Ela aceita, seu Osório.

— Mas, se nem falei ainda o serviço...

— Ara, seu Osório, se pobre está na condição de escolher. O que importa é ser honesto, que trabalho de pobre sempre paga pouco em qualquer lugar.

— Então, combinados. Amanhã de manhã passo aqui e levo ela até a casa do senhorio.

— Deus lhe abençoe, seu Osório. Agradece o homem também, menina. Parece bicho do mato! Está com vergonha!

— Muito grata, seu Osório, Deus lhe ajude.

— O Senhor seja louvado! Então, passar bem pras duas e até amanhã procê, Carolina.

— Até!

***

— Carolina, como é que tá o serviço que o seu Osório arrumou procê?

— Tá indo conforme, mãe.

— Mas o senhorio não disse que pagava a quinzena? Já passaram vinte dias... O homem não falou nada?

— Não, mãe.

— Então, assim, como quem não quer nada, pergunte se ele não se esqueceu, que, sabe, pode acontecer. É tanta coisa na cabeça dessa gente, que eles se esquecem de pagar os pobres, não é?

— Amanhã, sem falta, pergunto, mãe.

— Pergunte, filha, que as coisas aqui estão difíceis, e sempre ajuda qualquer dinheirinho que entra.

***

— Mas, filha, o homem demorou um mês e pagou a metade do combinado, como pode ser isso?

— Ele disse que tinha que descontar o uniforme e a comida que eu comi na casa dele.

— Mas que novidade é essa? Vai trabalhar o dia inteiro para ele sem comer? Uai, nunca vi negar um prato a quem faz a comida e a faxina da casa e lava roupa da família.

— Eu não entendo dessas coisas, mãe. É meu primeiro trabalho. E como tá o trabalho na roça, mãe?

— Tá bom não. A gente chega pro roçado antes de o sol nascer e para depois que ele foi embora, e o dinheiro... um tiquinho, que o capataz paga igual a seu patrão, metade do combinado, e muito depois do prazo acertado. Dá nos nervos.

— Mãe...

— Fale, Carolina.

— Será que esses dois são parentes?

— Por que a pergunta, filha?

— Porque eles sacrificam a gente de um jeito tão parecido que é igual a se fossem irmãos.

— Se não são parentes, estão combinados, que esse jeito ruim de tratar quem trabalha não sai da cabeça de cada um, é muita parecença pra ser "coincidença". Francamente!

6. Ano de 1927 beeeem resumido

— Tudo isso que está no capítulo 5, aí atrás, vai acontecer, mesmo?

Vai. Mas o que está ali é beeeem um resumo. Não está escrito a metade – metade, não, nem dez por cento — do que você e sua família vão passar em Franca no ano de 1927.

— E se eu não quiser?

Não quiser o quê?

— Não quiser que minha vida seja assim, como foi, como é e como será?

Mas você não quer, por isso não vai parar quieta, sempre brigando com quem se aproveita de você ou de gente humilde, que não sabe se defender. Você vai preferir sempre governar seu próprio caminho a aceitar que aproveitem de você. Agora, você é briguenta.

— Sou, isso acho que não consigo mudar.

Não, mas isso é que lhe dará força para seguir a diante, por mais difícil que seja o caminho.

— Preferia não ser briguenta e conseguir as coisas de jeito mais fácil e tranquilo.

Mas para quem é pobre, se não for um pouco briguento, não conquista nada. A gente tem que acabar teimando. Imagina o que seria de você se seus avós não brigassem pelo fim da escravidão!

— Às vezes fico pensando nas diferenças entre a escravidão e a pobreza que a gente vive. Minha mãe fala: "Tem diferença nenhuma, minha filha. A gente é tudo escrava ainda, com a diferença que não recebe mais nem teto pra dormir, nem roupa pra vestir, nem água pra beber, nem comida para matar fome como antes".

É, às vezes é difícil retrucar às mães, porque elas fazem resumos muito melhores dos que os nossos.

7. Roda, roda, roda e volta pro mesmo lugar

— Era pôr o feijão cru na água para dormir de um dia para o outro, isso tira os gases dele a ajuda no cozimento. De manhã, pôr na panela com água para cozinhar até amolecer e dar caldo grosso. Depois de cozido, reservar e, em outra panela, fritar o toucinho com rodelas de linguiça portuguesa, cebola e alho. Sal a gosto. Quando esse tempero estiver pronto, juntar no feijão, mexer, e deixar esquentando mais 15 minutos no fogo baixo, depois desligar, deixando a panela tampada. Era só fazer isso.

— Mãe, toucinho e linguiça nunca apareceram aqui em casa, e o feijão, acabou anteontem.

— Arroz, coisa simples de fazer: lavar, deixar escorrer até secar, reservar; pôr água para ferver numa chaleira; numa panela média, fritar alho até dourar; juntar cebola picada e sal a gosto; juntar o arroz e mexer até o arroz dourar; jogar água fervendo no arroz até a metade da panela e tampar; deixar em fogo alto até a água chegar no nível do arroz, depois mudar para fogo baixo; quando a água secar em cima, mas o arroz estiver úmido embaixo, desligar e abafar. Fim.

— Mãe, o arroz acabou ontem.

— Meu Deus do céu, então o que você deu para os meninos comerem? Foram para a cama de barriga vazia?

— Cozi mandioca, temperei com sal e um restinho de gordura de porco, e dei a eles com meio copo de leite pra cada um.

— Fez bem. Mandioca e leite têm sustança. E o que sobrou pra nós esta noite, minha filha?

— Café e dois pães duros. Mas tostando no fogo de lenha fica com gosto.

— Ocê será uma boa mãe, Carolina. Traz tudo no contado, e não falta a ninguém. Amanhã voltamos a Sacramento, não vamos esperar 1928 terminar, que a vida aqui está dura demais da conta.

— Se tá, mãe! Até demais!

8. Trabalho onde quer que apareça

Não, quando vocês voltarem a Sacramento, em 1928, as coisas não melhoram: param de piorar. Para uma mulher com oito filhos para criar, sem ajuda de marido, nada é fácil.

— Mas então como a gente se arranjará, se nada nem ninguém ajuda?

Sua família vai correndo atrás de trabalho onde quer que ele apareça. E não vai aparecer muito trabalho a sua mãe e a vocês em Sacramento...

— Então...?

Então, em 1929, vocês estarão em Conquista, também em Minas Gerais, trabalhando em uma fazenda. Mas também o trabalho ali acaba, e antes que 1929 termine, vocês já estão de volta a Sacramento.

— Com tanta necessidade e sofrimento, não sei como ninguém ficou doente até aqui em suas previsões, senhora narradora dentro de mim.

Aí é que se engana, Carolina. Você ficará doente. As antigas feridas nas pernas vão voltar a nascer, mas, sem dinheiro para tratar, você andará oitenta quilômetros a pé, de Sacramento a Uberaba, em busca de atendimento gratuito.

— Oitenta quilômetros!

Oitenta, a pé... umas quinze horas andando sem parar, com pernas boas. Mas com as pernas ruins, você não aguentará: com uma trouxa de roupas na cabeça, parará de vez em quando, dormirá pelo caminho, no meio do mato, à beira da estradinha de pó vermelho, levando picadas de insetos.

— Como você disse que morrerei velha e famosa, sei então que não morrerei dessas feridas.

Não, mas não conseguirá ser atendida, e voltará a pé os mesmos mais de oitenta quilômetros de distância... dois anos depois!

— Dois anos depois? Mas como?

Depois de perambular pela cidade, sem comida nem banho, nem atendimento, você será acolhida em um asilo para enfermos e abandonados da cidade. As irmãs cuidarão de você, por esse período e, como paga, você trabalhará no asilo, ajudando os outros enfermos, lavando roupas, fazendo a faxina, às vezes ajudando na cozinha. Depois, voltará para Sacramento, para ajudar sua mãe, mas com as pernas melhorando e piorando, melhorando e piorando.

— Como é que ajudarei minha mãe com as pernas doentes?

Só você no futuro saberá, mas no começo dos anos 1930 você estará pelo interior do estado de São Paulo, em busca de trabalho, indo parar em Ribeirão Preto, Jardinópolis, Hortolândia e outras cidades da região. Quando voltar em 1932 para Sacramento, ainda as feridas lhe machucarão as pernas.

— Senhora minha narradora dentro de mim, eu vim ao mundo para sofrer? Puxa vida, em 1932 eu já estarei com dezoito anos, e tenho a impressão de que ainda não fui muito feliz.

9. Pequenas felicidades

— Suas previsões, senhora narradora dentro de mim, já andaram bem pra frente no tempo, e tenho a impressão de que ainda não fui feliz nela!

Mas será feliz, sim, quase todos os dias de sua vida, descobrindo beleza em cada dificuldade, sempre encontrando tempo para olhar para o céu, as estrelas, o sol, as nuvens, a paisagem, os bichos, as pessoas. Dos dias mais difíceis, você vai recolher o melhor e o pior, e registrar ao final das noites em seus cadernos, na forma de palavras.

A cor amarela da fome, o fedor do esgoto, o aroma bom de uma comida cheirosa sendo preparada ao final da tarde, a língua maldosa de um invejoso, o sorriso de uma criança e muitas outras coisas virarão temas e personagens em seus livros. Quem os ler terá a sensação de estar vendo as coisas acontecerem à sua frente, como se fosse magia.

— Então dá para transformar feiura em beleza, tristeza em alegria, ruim em bom?

Dá, e você descobrirá como, por meio da magia das palavras. Esse é o mistério da arte, que você dominará: a literatura.

Vai chegar um momento em que tudo que você viver lhe despertará ideias. Então você ficará doida para chegar em casa à noite e escrever. Até que a noite chegue, você registrará tudo na memória, matutando durante o dia todo para deixar as ideias prontas para virarem letras, palavras, parágrafos e histórias nas páginas de seus cadernos.

— Ouvindo você falar assim, dentro da minha cabeça, dá até

vontade de começar a escrever já.

Na verdade, desde que aprendeu a ler e escrever, nunca você parará: sempre lerá e escreverá muito. É que mudará tanto de casa e cidade que deixará muita coisa perdida pelo caminho, em folhas soltas, papelinhos esquecidos no fundo de sacolas perdidas, lenços de papel que o vento soprou, tirou de suas mãos e levou voando suave para trás, enquanto o ônibus em que você ia se afastava ligeiro para frente. Mesmo assim, quando descobrirem seus cadernos, eles serão mais de vinte, cheios de anotações diárias!

— Como eu conseguirei fazer tudo isso, tendo só dois anos de estudos?

Isso é um mistério, que encantará a imensa maioria de seus futuros leitores, mas que despertará inveja e medo em alguns poucos, que lhe farão mal.

10. Feiticeira

— Positivo operante, doutor delegado.

— Que alvoroço é esse aí, na porta da delegacia? Não se tem mais paz por aqui nem por um minuto? Isso porque Sacramento é uma cidade pequena, do tamanho de um ovo de passarinho. Seixas, me traz aquelas fichas para eu assinar. Tem que mandar para Belo Horizonte ainda hoje.

— Sim, doutor.

— Ôôôô Marsilac!

— Positivo, doutor delegado!

— Não perguntei sobre essa confusão aí na porta da delegacia? Não foi ver ainda?

— Positivo, doutor. Já fui e já voltei.

— Então, desembucha! Que é que está esperando?

— O doutor terminar de assinar as fichas e despachar o escrivão Seixas.

— Não viu que já assinei e já despachei o escrivão com ficha e tudo?

— Positivo, doutor. Então... Trata-se de duas mulheres conduzidas a esta chefatura de polícia, acusadas de práticas criminais.

— Como são essas donas?

— Uma grande e outra média, sendo que a média também é grande.

— Mas que diacho é isso, cabo Marsilac?! Como é que uma mulher é grande e a outra, que é média, também é grande! Ou as duas são grandes, ou as duas são médias!

— É que as duas são mais altas e fortes que a maioria das mulheres que eu conheço, só que uma é ainda mais que a outra.

— Volta lá, e retorna já aqui para me explicar isso melhor, que não tenho tempo a perder, pois preciso almoçar na fazenda do coronel J. Barros.

— Já fui e já voltei, doutor. A mais alta das duas é a mãe, a menos alta, mas também alta, é a filha. A mãe é analfabeta, mas proseia muito bem. A filha sabe ler e escrever, o que os guardas acham muito suspeito, porque a maioria de Sacramento, mesmo quem é branco e tem um pouco mais de posses, é analfabeta.

Como é que uma moça preta, mal vestida, com pernas ainda cicatrizando os furúnculos, sabe ler tudo e escrever com letra redondinha de dar inveja?

— Muito suspeito, cabo Marsilac... Muito suspeito. Descreve melhor as duas. Escrivão Seixas! Volta aqui para escrever no boletim de ocorrências o que o cabo Marsilac for falando.

— Pronto, doutor. Pode ir falando, cabo Marsilac, que já estou escrevendo no livro de ocorrências.

— São duas pretas muito malvestidas, mas bonitas as duas, não resistiram à prisão e até nem sabem por que foram presas. Humildes, mas muito educadas. Uma mãe, outra filha. A filha é mais bonita que a mãe, porque é mais nova, mas nem dá para acreditar que a mãe teve oito filhos, tão endireitada de postura que é. Acho que são assim fortes porque são do campo, lavradoras. Pernas fortes, braços fortes, pés rachados de andar descalças ou de alpercatas. Mas as mãos são grandes, de parecença, macias, com dedos compridos e unhas aparadas, porque, além de camponesas, com certeza são também lavadeiras.

— Mas que diacho, as mulheres é que foram presas e a gritaria lá fora é só de homens! Marsilac!

— Positivo, doutor delegado...

— Vá lá fora e mande os guardas calarem a boca! Volte aqui na sequência para terminar esse boletim de ocorrências e despachar essas donas de volta pra casa, porque, tenho comigo, que, se tivessem feito coisa errada, não tinham vindo presas de maneira tão comportada.

— Positivo, doutor. Já fui e já voltei. É o que suspeitávamos: são feiticeiras. Por isso os guardas estão nesse alvoroço. Estão com medo de que elas lhes joguem uma praga daquelas que nem promessa ao Santíssimo Sacramento, padroeiro deste município, derruma.

— Derruma! Até que ano estudou, cabo Marsilac?

— Positivo, doutor delegado. Quarto ano primário.

— Então deveria saber que é "derruba", não "derruma".

— Mas "derruba" só existe quando escreve, doutor, que aqui todo mundo escreve, quando sabe escrever, diferente do que fala. Quem fala "derruba" são os da capital. Pelo interior de Minas, São Paulo e Paraná é "derruma" mesmo.

— Por isso nunca serão donos de fazenda, nem de minas, nem delegados de polícia: enquanto os pobres "derrumam", os ricos e bem-sucedidos "derrubam".

— O Senhor seja louvado, doutor.

— Descreve a feitiçaria que elas fizeram para o escrivão Seixas lavrar o boletim de ocorrências no respectivo livro. Letra bonita nesse livro aí, viu, Seixas. Que não quero passar vergonha quando as autoridades da capital vierem aqui para ver os livros.

— Positivo. Pegaram a filha lendo umas coisas que ela tinha escrito num caderno enquanto descansavam do almoço na roça. Muito estranho. Os pés sujos de terra, as pernas lanhadas pelas urtigas, os vestidos sujos de poeira, as mãos das duas limpinhas. O caderno... brochura... mais suspeito ainda: no meio da poeira levantada pelas enxadas, a capa limpa, as páginas branquinhas, com linhas cinza, meio azuladas, onde as letras se apoiavam com capricho. Nas páginas escritas, letras redondinhas, palavras separadas com espaços iguais, sem rabiscos nenhum, sem rasura de erro nenhuma, sem letra tremida...

— Mais suspeita que essas donas é essa sua descrição, senhor cabo Marsilac. Para quem tem só o quarto ano primário, vossa excelência ajunta bem demais as palavras.

— Positivo, doutor. Tem que ser assim, se não a gente fala uma coisa e o escrivão Seixas escreve outra.

— Apreenderam o caderninho da menina?

— Tá aqui doutor. Dei uma olhada. Ela, com segundo ano primário, escreve melhor do que eu, com quarto ano do primário, e do que o escrivão Seixas, que já terminou até o quarto ano ginasial e está estudando para o exame do colegial.

— Deixa eu ver... São pensamentos, a modo de parágrafos, uns parecem poesia. Que desperdício, e uma moça dessa no cabo da enxada. Soltem as duas, seus patetas. Não tem feitiçaria nenhuma aqui. Aqui tem uma coisa chamada amor.

— Positivo, doutor, vai desculpar, mas o senhor está sendo... piegas. Amor! Onde pode ter amor em duas mulheres de pés rachados?

— Se tivesse estudado mais, senhor cabo Marsilac, saberia que o maior sonho de uma mãe analfabeta é ver os filhos com estudo. E a maior prova de amor que um filho pode dar a uma mãe analfabeta é encarar as letras com amor. É isso que essa moça faz. Mas vou apreender o caderno dela, para ler com calma. Diga a ela que é a fiança que elas estão pagando pela liberdade que estou concedendo às duas. E parem com superstições, que não estou aqui para patacoadas.

— Positivo, doutor delegado. Já fui e já voltei. Não querem ir, querem ser presas, porque não têm o que comer e, presas, ao menos ganham banho, água e comida.

— Diga a elas que está bem. Prendam por dois dias... Não, por três dias, que é número ímpar, não gosto de número par... Mas avisem que depois têm que voltar para a roça... Mas que não me saiam por aí espalhando as minhas liberalidades, que isso aqui não é hotel nem pousada.

— Positivo, doutor...

— E entregue este caderninho em branco para a moça continuar a praticar a escrita, o que ela encheu de letras bonitas, vai ficar comigo, como prova dos autos.

11. A vida real e a vida escrita não são a mesma coisa.

— Ah, vá. Duvido que eu e minha mãe vamos ser presas assim. Já levamos tanta bofetada de patrão e polícia! Como é que nos prendem por feitiçaria e tudo fica às mil maravilhas, com banho tomado, cama com colchão pra dormir, água fresca e comida boa? E ainda por cima ganharei um caderno novo! Caderno é caro! Ainda mais nessa época!

Essa é a feitiçaria da literatura, que você vai sim, praticar. Disso nunca será inocente. Na literatura, a gente pode se vingar da realidade escrevendo até o contrário do que ela foi.

— Então seremos só vítimas de fuxicos?

Sim. Dizem que, além de tudo, por pegarem você lendo um livro de São Cipriano ou espírita, quando na verdade você estará lendo na porta de casa um dicionário da língua portuguesa.

— Ué, mas a escola em que estudei se chama Allan Kardec, em homenagem a ele, que era espírita!

Era espírita, mas não era nem pobre, nem negro, nem mulher. De um de jeito ou de outro, vocês logo serão soltas, sem que isso melhore ou piore em nada suas vidas.

— Mas por que é e como é, exatamente, que nós seremos presas?

Você prefere a versão "real" ou a versão pela lente da escrita, que você tanto ama?

— É lógico que a vida escrita é o que eu amo mais que tudo, porque tem coisa que a gente não vê e nem desconfia na vida real, mas que vê através da escrita claramente. É como se a escrita fosse mais um sentido, além dos cinco que a gente tem, ou uma lente de aumento, que a gente regula para enxergar o que escapa a olho nu.

Até chegar o momento, pense que será exatamente assim como contei, assim não sofrerá por antecipação. Mas quando chegar o dia de verdade, não se espante se for torturada com sua mãe por um sargento racista, se você sair da cadeia com as pernas em carne viva de feridas e sua mãe com um braço quebrado por tentar lhe defender das pauladas dos guardas.

— Está bem, só vou sofrer quando chegar a hora.

— É o melhor a fazer, sofrer imaginando como será é sofrer duas vezes. O que interessa é que você sairá dessa. Mas, por causa disso, vocês voltarão à Franca, no interior de São Paulo, para tentarem a vida lá novamente.

— Nossa, a gente não para quieta num canto, nessas suas previsões, dona narradora dentro de mim.

Não param mesmo, nem sua mãe, nem você. Vocês, se não estão contentes num lugar, partem pelos caminhos, enfrentando fome, pancadas, frio, sol, seca, montanhas... Nunca ficam sentadas num canto esperando as coisas melhorarem por conta própria ou a sorte cair do céu.

12. Minha filha, vá para a cidade grande

— Minha filha, vou voltar para Sacramento. Não aguento mais bater pernas pelo mundo em busca de trabalho. Preciso parar quieta num canto. Para mim esse canto é Sacramento.

— Mas nunca que a gente vai progredir lá, minha mãe...

— Progresso é para gente nova como ocê, filha. Neste ano de 1936 de Nosso Senhor Jesus Cristo, ocê completou 22 anos. Está cheia de energia e tem tempo ainda para muitas conquistas. Se tiver que andar pelo mundo em busca de trabalho para arranjar a vida e criar os filhos, que seja onde tem mais oportunidade.

— E a senhora acha que tem mais oportunidade para pobre em cidade grande?

— Acho. Tá todo mundo indo para lá.

— Para Belo Horizonte?

— Não, para São Paulo. Está tendo muita indústria lá. Precisam de gente jovem pra tocar as máquinas.

— Mas qual, até parece que vão dar emprego de máquina para mulher! Acham que a gente só serve para parir, lavar, passar, cozinhar e arrumar a casa!

— Ninguém vai dar nada pras mulheres, minha filha. Tudo a gente tem que conquistar, e segurar o mais que pode, pois sempre tentam tirar o pouco que a gente conquista.

— Então, minha mãe, o que é que vou fazer na cidade grande, sozinha, se não dão nada pra gente e, quando podem, tiram?

— O mesmo que seus avós escravos fizeram, e que eu fiz até agora: ser livre, ainda que a custo da pobreza. Melhor pobre livre do que pobre escravo.

— Mas a pobreza também é uma escravidão sem tamanho, minha mãe. A gente roda cidades e fazendas, vira montes de terra na roça, plantando e colhendo, de sol a sol, lava e passa toneladas de roupa e a pobreza não sai da gente. Parece uma outra pele grudada em cima da nossa pele verdadeira.

—Você estudou mais que eu, filha, então consegue descobrir coisas com as palavras que eu nunca imaginei. Nunca pensei que a pobreza era outra forma de escravidão, mas, ta aí, uma moça de vinte e dois anos acaba e me ensinar. Mas vá para a cidade grande, que lá tem mais chance de enganar essa escravidão. Vá, minha filha. Você não perde nada em tentar. Já tentamos pelas roças de Minas e São Paulo, não deu para nós. Então, vá. Eu não aguento, mas você tem a vida pela frente.

— Tenho medo de lhe deixar, minha mãe. De não conseguir e lhe envergonhar.

— Me envergonha se não tentar. Sua vida é daqui para frente. Deixo Franca e volto para Sacramento. Se tiver que ser enterrada, que seja lá. Mas ocê não: ocê parta para São Paulo e de lá ganhe o mundo, se tiver sorte, mas não volte para trás. Seus avós empurraram minha mãe e eu para fora da escravidão da lei, eu estou tentando empurrar você e seus irmãos da escravidão da pobreza. Sinto que não terei forças, mas vocês estarão em condições de empurrar seus filhos para fora dela, se Deus quiser.

— Então que Deus me ajude, minha mãe. Vou para São Paulo, e seja o que Deus quiser.

— Seja forte, vá e volte só para meu enterro. Mas depois retorne a São Paulo, para tentar criar os filhos fora da pobreza. Morra tentando, se não conseguir, seus filhos conseguirão – ou os filhos dos filhos deles.

13. Se é pra ser, que seja como no cinema

Em 1937 sua mãe morrerá...

— Senhora narradora dentro de mim, conhecer o futuro não está sendo uma boa ideia...

Também acho. Por isso, enquanto narradora dentro de você, prefiro contar o que já aconteceu. Mas... quem garante que tudo não já aconteceu, e estamos conversando de trás para frente?

— Do fim para o começo?

Isso. No cinema chamarão isso de *flash back*.

— A gente pode inventar uma roupa nova para algo que aconteceu, acontece ou acontecerá?

Pode, é a feitiçaria da arte! Chamam isso de "licença poética".

— "Licença poética"?

Sim, a liberdade que o escritor tem para contar, descrever, representar o que quiser e como quiser.

— Então você vai ficar caladinha dentro da minha cabeça. Eu quero contar como foi o enterro de minha mãe.

Queira!

— Vai ser triste... triste não, emocionante!

Seja!

— Vai estar chovendo...

Chova!

— Com pouca gente... não: cheio de gente.

Encha de gente!

— Ventando frio...

Vente frio, rrrr!

— Não, espera! Vai estar um dia lindo...

Bote sol!

— Vai ventar uma brisa boa e cheirosa.

Que cheiro?

— Hmmmm! Flor de limoeiro.

Vente suave aroma de flor de limoeiro!

— Vai ter uns bichos, que minha mãe adora.

Encha de bichos!

— Espera, vou começar um pouco antes... A partir dos últimos momentos dela, quem nem no cinema...

Rode um *flash back!*

14. Luz! Câmera! Ação!

Nos últimos momentos de vida, minha mãe sonhava... Melhor, delirava, porque falava com uma voz fraquinha. Do lado da cama segurando sua mão macia e fresca, eu escutava e ia tentando imaginar o que estava passando pela cabeça dela. Devia ser a narradora dentro dela contando as últimas histórias que tinha pra contar. Minha mãe tinha ardido de febre e molhado de suor a palha do colchão, mas agora estava tranquila, de olhos fechados, como dormindo, mas falando e movendo a cabeça e as mãos de vez em quando, para passar no rosto ou gesticular, explicando alguma coisa que escapulia de seu sonho ou delírio, que é este:

Minha filha faz aniversário hoje. Não tenho dinheiro pra comprar a sandália que prometi a ela. Também não tive no aniversário dos outros sete irmãos dela. Vou sair pelas ruas para ver se acho alguma. Que sorte, um sapato velho jogado fora. Dá pra consertar. Lavo, remendo, pinto, dou brilho. É de gente grande, mas ela bota jornal amassado na ponta, por dentro, e fica bom, não balanga quando anda. Melhor seria se fosse sapato de mulher, mas não dá pra escolher o que a gente encontra no lixo. O custo de vida está muito alto. Galego da venda, não tenho dinheiro pro pão. Tome três garrafas, aceita? Obrigado, Deus lhe pague. Catei papelão, vendi. Recebi. Comprei um pouco de carne, um quilo de gordura de porco, um quilo de açúcar, um naco de queijo. E o dinheiro acabou-se.

Passei o dia com dores no peito e tosse. Não dava para sair à noite para trabalhar, mas fui assim mesmo. Não andei cinquenta passos, encontro o mais novo na rua, no meio de uma confusão. Um carro tinha atropelado um menino, e ele lá, no meio dos curiosos. Estapeei-lhe pelo abuso de confiança, em cinco minutos ele estava onde devia. Servi o restinho de leite, tomei minha parte, dormimos.

(Minha mãe se mexe na cama, como querendo se levantar. Acudo. Ela volta a se aquietar e falar.)

Levanto, obedeço à minha filha, que pedia água. Vou pegar água. Faço café. Meninos, não tem pão, nem leite, tomem café puro e comam carne com farinha. Não tou boa hoje, só pode ser inveja que puseram em mim. Olho gordo derruba a gente. Vou me benzer pra espantar o olho gordo. Pronto, já me benzi. Pronto, já tou boa de novo. Parabéns, mãe de Carolina e outros sete anjos que Deus me deu. O mau-olhado desapareceu.

Fiquem quietos, que vou lá fora vender as latas que catei no lixão. Pronto, já fui, já vendi pro galego da venda e já voltei com os treze cruzeiros que ele me proporcionou. Treze cruzeiros não dão para comprar pão, leite e sabão pra lavar a louça e as roupas. Então, hoje é isso mesmo: café preto, que dá esperteza, carne, que é um luxo, e farinha de mandioca, que dá sustança. Pensem na vida atribulada desta mãe, meus filhos. Trabalho feito escrava, lavo, roço, cato lixo, vendo sucata, mas estou sempre em falta com vocês. Deus, perdoa essa mãe sempre insuficiente, por mais que ela reze, se benza e rode de lugar em lugar atrás de trabalho. Ocês fiquem quietos em casa, que tou indo por aí ganhar a vida. Só volto com algum trocado pra nós. Pro almoço tem feijão, arroz e carne prontos. Não comam tudo, deixem metade para a janta. É só esquentar lá fora no fogo de lenha. Já disse pra não saírem de casa. Com os péssimos vizinhos que temos, vão abusar de vocês.

Eu disse para ocês não saírem do quintal e volto agora, duas horas da tarde, pra repor a força e voltar pro trabalho e pego todo mundo na rua brincando? Não tem o que fazer em casa? Se mãe não serve para ser obedecida, serve para que? Não sabem o perigo que as ruas são ultimamente para as crianças? Já pra dentro todo mundo!

Vou comer e voltar para catar latas e garrafas pra vender. Se der sorte, encontro fios de cobre, boto fogo, derreto a borracha e vendo no ferro-velho. Garrafa e cobre pagam bem, melhor até que ferro e alumínio.

Boa noite, crianças. Consegui. Um de vocês faz a gentileza de ir na venda e comprar pão, leite e sabão, um de cada: uma bengala de pão, um litro de leite e uma pedra de sabão. Amanhã o dia começa diferente, com tudo certinho: café da manhã completo, louças e roupas lavadas e almoço e janta garantidos.

Mas o mais novo vai ficar de castigo, porque vieram reclamar. Quem mandou ir comprar as coisas que eu pedi e aproveitar para atirar pedras na casa dos outros. Não ensinei respeito? Pois hoje os outros podem brincar na rua, mas você fica aqui comigo, de castigo. Estou agoniada com tanta carestia e necessidade.

Pode sair do castigo e ir brincar lá fora. Você não tem sossego, menino, mandei ir brincar, você foi e já voltou com novidades? Que novidades são essas? O homem da caridade veio com a perua e está distribuindo gêneros alimentícios aos pobres? Me alcança aquela sacola, depressa. Corre na frente e diga para o moço me aguardar. Você é espoleta, mas é menino bom, tome esta bala de prêmio. Pela sua esperteza, ganhei dois quilos de arroz, idem de feijão, e dois quilos de macarrão. Alegrei-me. A perua de caridade do centro espírita se foi, levantando poeira vermelha. Alegrei-me. A agonia que eu tinha ausentou-se.

15. A perua que leva pro céu

De repente, o rosto de minha mãe mudou, ficando tranquilo, tranquilo. A narradora dentro dela descrevia uma bonita cena. Minha mãe abriu os olhos e me pediu: "Minha filha, me vire de lado, que meus quadris doem um pouco". Fiz. Ela sorriu. A narradora dentro dela voltou a falar, ela de olhos fechados e um sorriso doce na face toda.

A perua da caridade parou perto de casa. Levantou poeira vermelha do chão de terra da rua. A poalha colorida brilhou no ar, banhada do bonito sol da manhã. Veio uma brisa fresca, levou a poeira. Só ficou na rua clara a linda perua, com frisos prateados, toda branca, até os pneus.

Desta vez, a perua não estava cheia de mantimentos para dar aos pobres. Estava vazia. Só tinha o motorista dentro dela. Ele, abriu sua porta, desceu. Dando volta na perua, foi abrindo as outas três portas. No interior, tudo branco e dourado.

Sabe quem é o motorista, minha filha?

(Nessa hora minha mãe abriu os olhos e fechou novamente, sorrindo).

Nem adivinha! Jesus Cristo. Todo de branco, sorridente, de braços abertos.

— Mas Jesus Cristo, o Senhor é preto?

(Agora, os olhos fechados, minha mãe riu alto. Me surpreendi).

Jesus Cristo me fez um sinal, eu me espreguicei na cama de palha, espantando o resto de dormência que o corpo tem quando acorda. Peguei no cabide minha camisola branca, de linho – mas agora ela era comprida e ia até os pés, e não tinha mangas, deixando meus braços de fora. Em vez de andar, flutuei através da janela aberta até alcançar a rua ensolarada.

Jesus Cristo, de cabelos crespos e pele negra sorriu, tocou meu braço com sua mão direita e com a esquerda me ofereceu o assento da frente da perua, a seu lado.

Disse a ele envergonhada:

— Mas Senhor, não posso ir com esta camisola sem mangas. Isso não são vestes de se entrar no céu.

Jesus Cristo, então, riu mais ainda, fez as mangas de suas próprias vestes desaparecerem e, de braços pretos nus, me pegou no colo como uma menina e me assentou sobre o banco dianteiro. Beijando-me a testa, fechou a porta do meu lado.

Recebeu e abraçou o menino doentinho do fim da rua que havia mais de ano estava acamado, uma moça negra e seu bebê, que morreram no parto por falta de cuidados médicos, o senhor idoso que capinava a rua e limpava as valetas, e a dona que vendia verduras com carrinho de mão, que tanta vez nos deu o de comer dela, quando nos faltou o nosso.

A todos o bom Jesus acomodou na perua branca, prateada e dourada da caridade, fechou as portas dos demais passageiros com petelecos dos dedos, sacudiu a terra de suas sandálias do lado de fora, subiu em seu banco de motorista, fechou sua porta e deu a partida.

Porém, em vez de ir para frente, a perua foi para cima, subindo, boiando como um balão.

A brisa fresca soprava em meus braços. Olhei os braços pretos de Cristo. Virei-me para cumprimentar os demais passageiros.

Todos de braços nus, uns brancos, outros pretos, todos acariciados pela brisa da manhã.

Então, Cristo me fez uma careta engraçada e disse, rindo como um jovem sapeca:

— Entraremos no céu todos de braços pelados, e sem pecados.

***

É assim que sua mãe vai morrer?

— É. Ninguém no mundo merece uma partida assim mais do que ela.

16. A camionete que leva para a roça

Nesse mesmo ano de 1937 você abalará para a cidade de São Paulo. Mas não numa viagem só, porque não terá dinheiro para se sustentar. Irá pingando aqui e ali, trabalhando e se aproximando da capital, de cidade em cidade.

Na carroceria de uma camionete, junto com outros trabalhadores rurais, rumo a uma plantação de café na região de Franca, você conhecerá Eunice:

— Você é sozinha no mundo, Carolina?

— Não. Minha mãe morreu por estes dias. Antes de morrer, disse para eu nunca mais voltar a Sacramento, em Minas Gerais, onde nasci e me criei, porque lá o que a gente ganha não dá pra viver. Meus irmãos ficaram por lá. E você Eunice, é só?

— Sou, sim. Pai e mãe morreram moços, meus dois irmãos sumiram pelo mundo e me largaram. Vim de Ourinhos, no sul de São Paulo, para a colheita de algodão, numa fazenda de Ribeirão Preto. O moço da camioneta me chamou agora pra colher café. Vim, mas quero ir pra capital também. Dizem que lá tem mais trabalho. Aqui pelas fazendas do interior, colheu algodão, acabou; colheu café, acabou. Pra quem tem um canto de terra pra plantar e criar galinha, ainda dá pra tocar a vida, mas pra quem não tem nada, só por Deus.

— Ara, isso não é vida pra duas moças cheias de saúde como nós. Então vamos juntas para a capital. Arrumando trabalho de cidade em cidade, a gente chega lá. Onde que você está morando?

— O moço da camionete arranjou um alojamento pra quem

não tem onde ficar, até acabar a colheita. Se quiser, falo com ele. Ficamos juntas.

— Pois se quero. Agora sem minha mãe, morro de medo de ficar sozinha, principalmente à noite. Moça só por aí não tem segurança.

— Não, mesmo. A gente precisa se ajudar, né?

17. Boia-fria

Para a colheita do café, vocês saem de manhã e só voltam à noite. Levam comida dentro das marmitas, mas não têm onde esquentar; no meio do cafezal é até perigoso fazer fogo, pois as chamas podem se alastrar e incendiar tudo:

— O que você trouxe na sua marmita, Carolina?

— Feijão e arroz e só. É o que tinha.

— Tome um ovo cozido meu. Fiz dois, mas não estou com tanta fome.

— Não precisa...

— Se não aceitar, vai ser uma desfeita. Dou a outra pessoa.

— Está bem, muito agradecida. Estou com minhas mãos doendo, de tanto apanhar café.

— Isso não é nada, acostuma. Não sabe o que é colher algodão...

— É pior?

— Se é! Pra colher, tem que esperar a casca secar e a flor abrir. Depois de seca, a casca fica pontuda, espeta pior que espinho. Por mais cuidado que a gente tenha, lá vai os dedos nos espetos das cascas secas. E tem que fazer depressa, senão o serviço não rende. Olha meus dedos.

— Nossa, cheios de cicatrizes.

— A gente se acostuma. A pele engrossa, e a gente nem sente mais as espetadas. E, com a prática, a mão vai direto na flor, sem se lanhar nas pontas. Quando acontece, a gente nem sente.

— Trouxe uma banana de sobremesa. Tome metade.

— Obrigada. Almoçar sem comer uma fruta depois parece

que ficou faltando alguma coisa.

— Eu também sou assim. Sempre gosto de uma fruta depois do almoço. Gosto também de laranja ou mexerica, mas parece que não enche a barriga. Fica um buraco no estômago. Então, prefiro banana mesmo.

— Gosto tanto de banana que como até no meio do pão.

— Eu também! Nanica, maçã, prata, da terra... qualquer uma, sendo banana!

— Pra mim, pode ser crua, frita, cozida...

— Doce de banana, bolo de banana, torta de banana, amassada com leite e açúcar, hmmm.

— Vamos guardar as marmitas, levantar e sacudir as folhas das saias, que o capataz tá mandando voltar pro trabalho.

— Mas já? Nem deu tempo de engolir direito ainda!

— Aqui, quem tem o dinheiro e chicote é que manda...

— Ué, mas não tinha acabado a escravidão?

— Pras moças pretas que nem a gente, só mudou de nome.

— Não dá tempo nem de ir no mato fazer as necessidades!

— A gente vai depois, quando já estiver colhendo o café e ele não estiver olhando...

— Ara, mas eu não me conformo com isso!

— Nem eu, por isso quero ir pra São Paulo. Mas vamos logo, senão ele inventa uma conversa fiada e desconta do tiquinho que nos paga.

18. Rumo a São Paulo

Depois de deixar a última cidade rumo a São Paulo, vocês terão que parar em um posto de gasolina, pois estará de noite, e será perigoso pedir carona:

— Foi muita bondade do homem deixar a gente dormir nesse barraco, atrás do posto de gasolina, não foi, Eunice?

— Foi sorte, porque ele falou que daqui até São Paulo, agora, é só mato. Ele deixou uma bacia com água e sabão, pra gente se lavar.

— E me deu esses panos, pra gente se enxugar. Minha mãe dizia que, quando a esmola era demais, a gente tinha que desconfiar.

— Você acha que ele era capaz de fazer alguma coisa ruim com a gente, Carolina?

— Eu confio sempre desconfiando...

— Então, o que a gente vai fazer nesse meio do nada? Daqui a pouco ele fecha o posto, apaga as luzes e tudo aqui vai ficar uma escuridão só. O único lugar seguro é dentro do barraco.

— Dependendo, Eunice, o único lugar seguro é no meio do mato.

— Você me põe medo.

— A gente que é mulher tem que ter sempre um sexto sentido. Fazemos assim: arranco uma folha do meu caderno, escrevo um bilhete agradecendo a ele e dizendo que fomos embora com uma carona que apareceu. Depois que nos banharmos, grudo o bilhete na porta e nos escondemos no mato.

— E depois?

— Depois, veremos o que acontece, escondidas naquelas moitas.

***

O homem estará bêbado. Fechará o posto de gasolina e, antes de apagar o último bico de luz, irá ao barraco. Forçará a porta para entrar. Furioso, chutará, berrará por vocês duas e tentará derrubar a porta. O bilhete cairá no chão, ele o apanhará e levará para debaixo do bico de luz para ler. Rasgará o bilhete com os dentes, chutará pedras, mas depois rirá alto e berrará para a noite quente, vazia e sem lua:

— Há há há. Me fizeram de besta!

Então, vencido, apanhará o calhambeque estacionado no fundo do posto de gasolina, dará a partida e irá embora. Vocês voltarão para o barraco e dormirão tranquilamente até de manhã.

Antes de o posto abrir pela manhã, vocês já estarão de carona numa perua de orfanato, dirigida por uma freira, a quem contam a história que acabaram de viver. Ela se horroriza, mas depois cai na gargalhada.

— Mas é uma besta mesmo — rirá a freira.

— Madre! — Vocês duas gritarão e as três continuarão a rir até entrar em...

— São Paulo!

Não. Jardinópolis...

— Jardinópolis? Mas como?

A verdade é que você está no rumo da cidade grande, mas passará tanta dificuldade em Ribeirão Preto, após ser escorraçada por sua tia Ana Marcelina, irmã de sua mãe, que acabará sendo praticamente salva pelas freiras da Santa Casa de Jardinópolis. Lá você receberá roupas limpas, tomará banho e, quase desmaiada, terá suas pernas cuidadas pelas religiosas.

Depois de melhorar, trabalhará em vários lugares, em cidades da região, por fim será contratada por um casal de professores, que se mudará para São Paulo, e é com esse casal que chegará à capital.

— E Eunice?

Essa sua amiga lhe ficará no coração, mas ela seguirá o caminho dela e você o seu. Por quê? Porque nascerá em você o sonho de se tornar escritora, e você não suportará conviver com quem duvida dele.

— Eunice não acreditará?

Não é que não acreditará em você, mas achará impossível uma moça pobre ser respeitada ao ponto de deixarem que seu sonho se torne realidade, o que significa que a única com quem compartilhará esse sonho por muitos anos serei eu, sua narradora dentro de você.

— Ixe! Então vão me achar louca, de tanto que vou falar sozinha!

Vão. Você falará tanto sozinha que, não cabendo mais tantas palavras dentro de sua cabeça, começará a escrever, e não parará mais.

19. Uma vez rebelde...

Você ficará trabalhando um tempo com esse casal de professores. Trabalho duro, todos os dias da semana, mas o ganho, muito pouco. Você arranjará outro emprego, mas terá que morar e dormir em pensionato, haverá dia em que a única coisa que você terá para pôr na boca, para enganar a fome, serão os comprimidos para dor de cabeça que as colegas de pensão lhe darão.

— Ué, mas que trabalho será esse que nem pra comer dá?

Não se esqueça, Carolina: você virá da roça só com a roupa do corpo. Nem documentos seus você trará em sua sacola. Os patrões terão que pedir seus documentos lá na cidade de Sacramento. Isso custará dinheiro, então, já viu... Não sobrará quase nada de seu primeiro salário, descontado o adiantamento que lhe darão para você arranjar um lugar para dormir.

A dureza não será só por causa do dinheiro pouco, mas também porque você acordará muito cedo para entrar no serviço, com o sol ainda longe de se levantar; sairá de casa com um pedaço de pão e uma xícara de café no estômago; andará quilômetros a pé até o emprego, por falta de dinheiro para tomar ônibus; trabalhará até muito tarde, até depois de o sol se pôr, só com o almoço na barriga.

A dureza não estará só nesse serviço fatigante, mas também na grosseria de patrões e seus familiares, muitos dos quais a tratarão de forma indigna, faltando-lhe com o respeito, que é a primeira peça de roupa que todo mundo deveria vestir quando acorda e pula da cama.

A dureza não será só por causa dessa humilhação, que ignora a nobreza e a importância do trabalho realizado, que deixa brilhando e cheiroso um quarto ou um banheiro, mas estará também no preconceito com que alguns a tratarão pela cor de sua pele, pela textura de seus cabelos, pelo formato de seu nariz.

A dureza estará também na inveja por sua estatura acima da média, por seu porte ereto, seus braços e pernas firmes e longos, suas mãos fortes de dedos compridos e unhas bem aparadas, seu rosto expressivo, de traços simétricos, como se fosse desenhado com régua e compasso.

A dureza estará também na raiva por seu andar elegante e cadenciado, seu movimento de corpo parecido com uma dança, mesmo quando leva um balde cheio de água e sabão em uma das mãos e um esfregão na outra; por seu olhar sempre nos olhos, sem baixar a cabeça, queixo nem pra cima, nem pra baixo, mesmo quando quem lhe fala é o patrão que lhe paga o salário.

Resumindo, você encontrará em seus empregos em São Paulo gente despreparada para reconhecer, acolher e prestigiar uma mulher que só quer seu espaço.

Resumindo, você encontrará chefes que se pelarão de medo de uma mulher negra vinda da roça, que aceita a faxina como primeiro degrau para subir, mas que quer seguir em frente e progredir sem ter que se humilhar.

Resumindo, você encontrará superiores e mesmo colegas que rirão do seu sonho impossível de ser escritora.

Resumindo, você será mandada embora de uma porção de

empregos, porque tudo isso que você será eles chamarão de "rebeldia".

Mas essa rebeldia a levará às redações de jornais de São Paulo e até do Rio de Janeiro, onde morará um tempo, sempre em busca de seu sonho de poeta.

20. Duas vezes rebelde!

— Não lhe pago para você ficar escondida pela casa garatujando esses caderninhos aí, não, moça. Que está pensando? Já lavou as louças da pia?

— Já. Lavei, enxuguei e guardei tudo no lugar certo.

— E não tinha mais nada para fazer nessa casa, em vez de ficar vagabundeando com esse lápis e esse caderno pelos cantos?

— Tinha, sim, dona. Tinha que lavar a roupa e pôr para estender.

— E por que não fez?

— Já fiz. Já lavei, já estendi, já secou, já recolhi, já alisei com ferro quente e já guardei tudo no lugar certo.

— E esses móveis? Já tirou o pó?

— Já tirei as peças dos armários, tirei o pó, passei pano com lustra-móvel neles e devolvi tudo no lugar certo.

— E esse chão, já viu pano molhado hoje?

— Passei aspirador de pó, limpei com esfregão, passei cera e lustrei com a enceradeira, depois devolvi os tapetes tudo no lugar certo.

— E a comida? Quando é que vai preparar a janta? Ou acha que os alimentos vão sair dos potes e entrar nas panelas para se cozinharem sozinhos?

— Já fiz a comida. O que era de cozinhar está no fogão, o que era de preparar, está picado nas travessas da geladeira, tudo no lugar certo.

— E por que não procurou mais trabalho na casa. A casa é grande, acha que o trabalho vai procurar você para você se mexer?

— Já fiz tudo que estava na lista que a senhora me passou hoje. Agora estou descansando onde a senhora mandou eu ficar, neste quartinho aqui onde ficam as vassouras e o material de limpeza. Tudo no lugar certo.

— Então por que não adianta o serviço de amanhã, em vez de ficar aí risc-risc nesse caderninho?

— Porque amanhã é outro dia. Cada dia tem sua aflição e sua alegria. Hoje acabou. Estou descansando e daqui a pouco vou-me embora, que o caminho até em casa é longo e faço todo ele a pé.

— Malcriada!

— Não, senhora. Fui muito bem-criada pela minha mãe, que não pôde me dar muito estudo, mas me deu muita educação. E a senhora me pague o que me deve e arrume outra empregada, que o trabalho que a senhora me ofereceu não inclui ouvir desaforo.

— Mas que insolente!

— E tem mais: o que faço com o tempo que me sobra não é da conta nem da senhora nem de ninguém. Sou livre igual um passarinho!

— Rebelde!

— Rebelde, sim. Malcriada, não. Malcriada é a senhora, que, com toda essa dinheirama que tem sem trabalhar, ainda não aprendeu que salário não é chicote.

***

É assim que você sairá de seu segundo emprego em São Paulo, o lugar das oportunidades...

21. Sempre rebelde!

— Ponha-se no seu lugar!

— Meu lugar é onde meu pé pisa.

— Faça o que eu mandar. Não estou lhe pagando?

— Faço só o que combinamos. Não combinamos tomar conta de seus filhos, muito menos de estapear os coitados se fizerem arte. Estou aqui para a limpeza. Se quiser cozinheira, posso fazer comida, mas aí o preço aumenta, que limpeza é uma coisa e fazer comida é outra.

— Não me responda!

— Não respondo, se não perguntar. Se perguntar, respondo, porque, se ganhei boca e língua quando nasci, foi pra isso.

— Então, quem vai cuidar das crianças enquanto eu não estiver?

— Não sei, a senhora é que é mãe. Quando eu tiver meus filhos, sei quem vai cuidar deles.

— Mas não custava nada...

— Custa e muito. A senhora pediu um serviço, combinamos bem baratinho, até, porque não sei fazer coisa pela metade. Agora a senhora vem com comida pra fazer, roupa pra lavar, crianças para tomar conta? O que é combinado é sagrado.

— Então eu aumento um pouco para você tomar conta deles.

— Não quero. Já falei que com a senhora é só limpeza, pois tenho a casa de outras madamas para limpar. Se aceito esse dinheiro a mais da senhora, falho com outras donas que me chamaram pro trabalho e já até adiantaram um dinheiro.

— Então não quero mais você aqui.

— Não tem problema, trabalho para uma moça forte como eu não há de faltar.

— Saia já! Mas... o que está fazendo?

— Estou me sentando, só saio daqui na hora que a senhora pagar o serviço que já fiz.

— Mas... mas... mas.

— Nem mas, nem meio mas. Paga, que eu saio.

— Você é rebelde demais, menina! Acha que vai longe, assim?

— Acho. Se cantasse, ia ser cantora famosa um dia. Se dançasse, os teatros iam encher para me verem. Mas quero ser escritora, então um dia a senhora ainda vai ler no jornal o nome dessa moça que a senhora quer passar para trás, pagando pouco e explorando muito.

— Tome o seu dinheiro.

— Obrigada. Acaba de perder uma ótima faxineira e a amizade de uma futura grande escritora. Passar bem.

***

É assim que sairá de mais um emprego.

— Mas então, desse jeito, não vou parar em emprego nenhum.

Não, mesmo. Chegará a hora em que você desistirá de trabalhar para os outros e passará a trabalhar por conta própria, até virar escritora de sucesso.

— E em que eu vou trabalhar "por conta própria".

Cantando sucata, ferro-velho, garrafa, papel, papelão e jornal velho pelas ruas da cidade, muitas vezes no meio do lixo.

22. João José

Sei que para você, neste ano de 1924, com apenas dez anos de idade – e ainda levando de sua mãe bronca por falar sozinha – é difícil crer no que passa pela mente ou pela imaginação. Mas é certo: você amará a cidade grande. E, assim como não conseguirá parar quieta pelo interior de Minas Gerais e São Paulo, na selva de pedra você também mudará de bairro em bairro, de pensão em pensão, de cortiço em cortiço, dormirá embaixo de pontes e viadutos, praticamente como uma mendiga, até chegar, em 1948, à favela do Canindé, à margem do rio Tietê, onde construirá seu barraco com pedaços de pau, zinco e caixotes recolhidos pelas ruas – na verdade dois barracos; o segundo, acima do chão, para fugir às enchentes do rio Tietê.

— E como eu chegarei aí?

Simples, você engravidará, não terá ajuda do pai da criança, um marinheiro português que sumirá pelo mundo, e os patrões não vão lhe dar emprego, exatamente por estar grávida.

— Em que mundo nós estamos, senhora narradora dentro de mim. Quando mais uma mulher precisa de apoio, aí é quando mais a chutam e escorraçam!

Você nunca será de dar o braço a torcer para as dificuldades, que sempre lhe perseguirão, mas...

— Mas...

Você será tão forte que elas desistirão de você, e você vencerá.

— Vencerei pra sempre? Ou as dificuldades vão voltar de vez em quando pra me atormentar?

Elas sempre tentarão, mas o tempo é imenso, para trás e para frente. Décadas depois de você já ter morrido idosa, você ainda continuará vencendo...

— Como pode, se estarei morta?

Primeiro, porque ninguém sabe mesmo se a gente termina depois que morre. Pra falar a verdade, a maioria acha que não, e mesmo quem acha, admite que as coisas continuam, só que de outra maneira.

— Como eu continuarei a vencer depois de morta, então?

Segundo, porque, mais gente lerá seus livros no futuro do que quando você ficar famosa. Então, nesse caso, você vencerá a fome, a miséria, a pobreza e... a morte.

— Mas nesse fim de década de 1940 eu ainda estarei bem na pendura, né?

Sim, mas com a barriga grande pela gravidez, construirá seu barraco com sobras de tábuas da construção da igreja Nossa Senhora do Brasil, na Zona Sul, e ganhará a vida revirando o lixo e tirando dele o que ainda tem valor e pode ser reciclado como sucata.

— Como se chamará esse meu primeiro filho?

Na verdade, segundo. João José de Jesus. A primeira, você perderá no parto, infelizmente; você lhe dará seu próprio nome: Carolina Maria.

— Que triste!

23. José Carlos

O seu barraco será arrumado e limpo, porque você será sempre caprichosa com as coisas, igual ao capricho que tem pela escrita. Quem confunde pobreza com desleixo perde o rumo da vida, assim, você estará sempre arrumando paredes de tábuas, telhado de lata, chão de terra batida. Mas você engravida pela segunda vez, e o barraco ficará pequeno.

Você sempre terá também muito cuidado com o corpo e as vestes, fazendo o melhor que pode, dentro do possível, pois ninguém mora em barraco de pau se puder mais que isso – seu segundo sonho, depois de ser escritora, é morar em uma casa de tijolos, e isso vai acontecer mais para frente, não agora.

— Agora, acontece o quê?

Agora, nesse caso, no ano de 1950, quando você estará com trinta e seis anos de idade, você se apaixona por um bonito moço espanhol. Esse segundo namorado não some no mundo, mas não assume o filho e não move uma palha para ajudá-la a construir um novo barraco.

— Senhora narradora dentro de mim, todos os homens são assim?

Não, mas é uma coisa que acontece tanto que, no futuro, inventarão uma lei para obrigar o pai da criança a assumir o filho e a ajudar financeiramente a mulher a sustentar a criança, até ela ficar adulta.

— Essa lei vai me ajudar, porque, fazendo a conta, já estarei com dois filhos abandonados pelos pais.

Não, infelizmente essa lei só vai ser aprovada muitos anos

depois de você ter morrido. Até lá, você e muitas mulheres sofrerão sozinhas, sendo ajudadas por parentes ou amigos, quando eles forem bondosos — e nem sempre serão.

— Quanta covardia!

Nesse mesmo ano de 1950 nasce seu segundo filho, já no novo barraco de dois cômodos, construído com boas tábuas compradas com a venda de papel e papelão, e erguido por dois conhecidos seus, aos quais você pagará tostão por tostão, com muito sacrifício.

— E que nome eu vou dar a ele?

José Carlos de Jesus. Dez dias depois do parto, você já estará catando papel pelas ruas da cidade, porque não terá nada em casa para comer.

24. Vera Eunice

O ano é 1953. Sobre a mesa construída com tocos e tábuas garimpadas pelas ruas, você martela as bordas de latas grandes de leite em pó, pequenas de massa de tomate e chatas, de goiabada. É lógico que estavam vazias e foram recolhidas das lixeiras do bairro do Brás. José Carlos, com três anos de idade está dormindo, então você martela com cuidado, pondo um pano entre o tampo da mesa e a borda da lata, para amortecer o barulho.

João, com cinco anos de idade, está olhando sua obra.

— Mãe, que está fazendo?

— Amassando as rebarbas das latas para ninguém se machucar. Isso cooorta! E fica feeeio!

— O que vai ser essa lata grande?

— Essa vai ser uma panela, que a outra já está muito ruim pra cozinhar.

— E essas latas pequenas?

— Essas virarão canecas.

— E essas outras, redondas e baixinhas?

— Essas serão pratos.

— Mãe...

— Fala, João.

— Por que sua barriga está tão grande? A senhora está doente?

— Há! há! há!

— Por que está rindo, mãe?

— Porque você falou uma coisa engraçada. Não estou doente,

não. Vocês ganharão outro irmãozinho, logo, logo. Igual a vocês dois, ele cresce dentro da gente, depois nasce.

***

— Senhora narradora dentro de mim, espera, deixa eu adivinhar: o pai também vai sumir no mundo e me deixar sozinha cuidando de seu filho e dos outros dois.

Acertou e errou, ao mesmo tempo.

— Como assim?

Ele não sumirá no mundo, porque é um comerciante da região – então aqui você errou. Porém nunca assumirá o filho nem dará um tostão para você criá-lo – então aqui você acertou.

— E que nome eu darei a esse terceiro filho?

Aqui você também errou, porque não é filho, é filha: Vera Eunice.

— Nossa, o nome será em homenagem à minha amiga, com quem vim da roça para São Paulo, não é mesmo?

Pode ser, mas pode ser também uma licença poética, lembra-se?

— Ah! Se lembro: a liberdade que uma escritora tem para contar uma história como quiser.

E você quer que esse nome seja uma homenagem a ela?

— Quero, e a todas as mulheres lutadoras.

Então, pronto. A história é sua, você a conta como quiser.

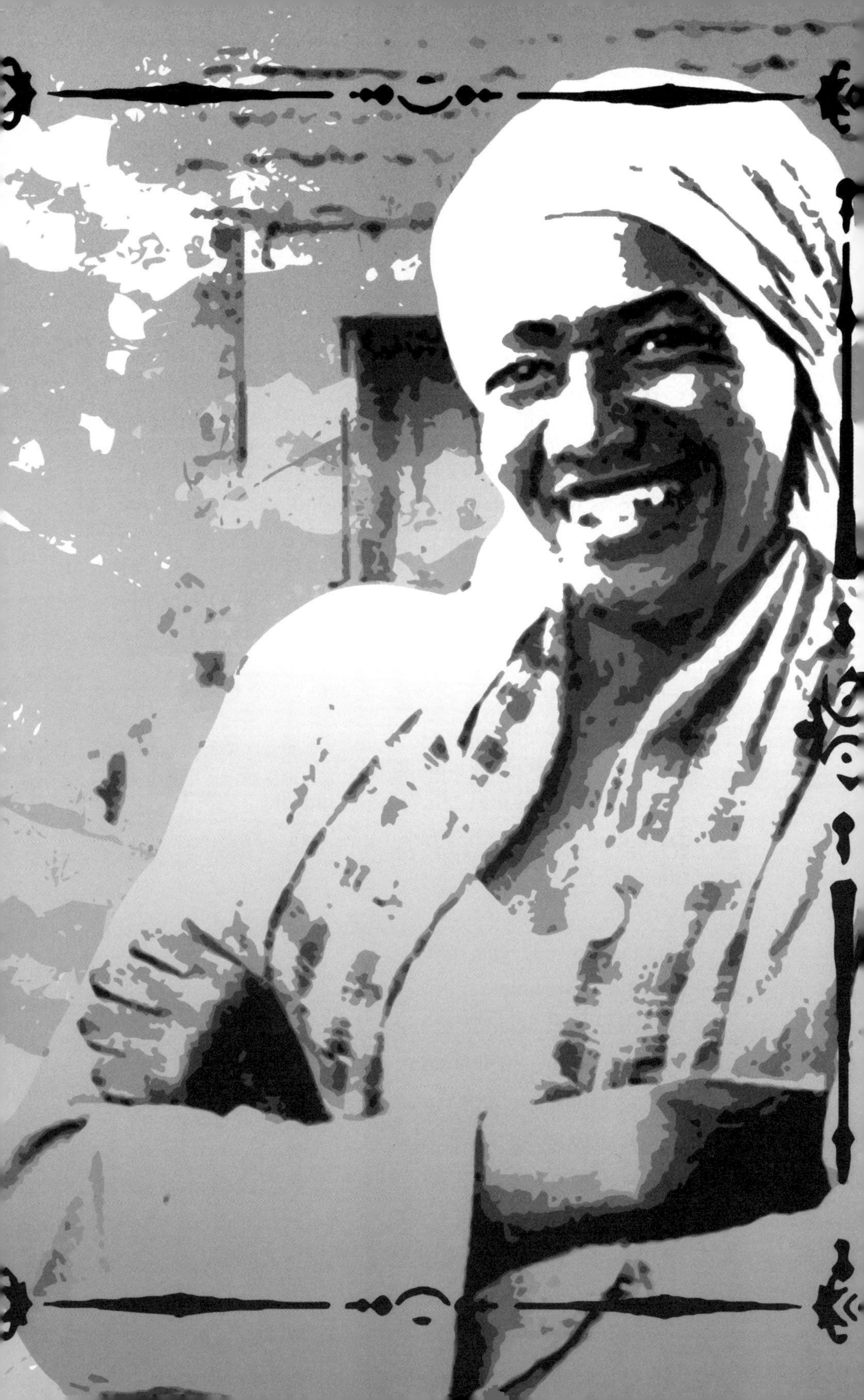

25. Duas mulheres enfrentam o mundo

Esta conversa você terá com Vera Eunice num dia qualquer, de sol escaldante, de dezembro de 1957. Ela já terá sete anos de idade, e você, quarenta e três.

— Mãe, cadê João e Zé Carlinhos?

— Estão no Brás, catando garrafas e sucata. De lá, vão direto pra casa, depois que passarem no ferro velho, venderem o que cataram e irem ao mercadinho para comprar o que tem na lista que dei a João.

— Me põe um pouco em cima da carroça, minhas pernas estão cansadas...

— Só um pouco, pois essa carroça está cheia e precisa de duas mulheres pra puxar.

— Mas eu ainda sou pequena, mãe!

— Mas é mulher, e é até mais forte do que eu!

— Há há há! Olha minhas perninhas, mãe. Fininhas igual de pombas.

— Deixa eu ver... Que fortes!

— Está fazendo cócegas, mãe!

— Uia! Que perninhas espertas! E essa barriga!

— Para mãe, está fazendo cócegas. Há há há!

— Uai, não estou sentido nada!

— E essas axilas! Será que coçam?

— Há há há!

— Vai me ajudar a puxar a carroça ou não vai?

— Vou, mãe! Você venceu!

— Só mais um pouco de coceguinhas!

— Não, chega. Minha barriga está doendo de rir.

— Então desça daí e vamos rápido, senão o ferro velho fecha e a gente tem que levar essa carroça pra dormir em casa.

— Podemos correr com ela?

— Podemos.

— Oba!

— Um, dois, três... Já!

26. Chegou a hora

— Não chega nunca a hora de eu começar a ser escritora?

Já tinha chegado desde 1955, quando você começou a escrever seu diário. É que pulei essa parte.

— E pode ir narrando assim, fora de ordem?

Pode, é a licença poética...

— Mas meu diário vai ser em ordem, que não gosto dessa bagunça, de ir para frente, voltar para trás e ir para adiante novamente.

Pois é assim mesmo que seu diário será: em ordem, dia após dia, que é bem do seu jeito de ser. Acontece que, no ano de 1958, você estará falando no quintal com Vera Eunice:

— Filha, se apresse, senão o caminhão dos lixeiros chega antes da gente nas latas de lixo e perdemos a manhã de trabalho.

Enquanto Vera Eunice termina sua caneca de leite, você dá a bronca nos vizinhos, que deixam a frente de seus barracos imundas:

— Vocês abusam, mas saibam que vou escrever tudo que fazem no meu livro, que tou escrevendo faz tempo, e, quando eu publicar, todo mundo vai saber as pessoas descuidosas que são. Tomem jeito!

Ao longe, um homem todo bem-vestido, junto com um fotógrafo, parará tudo que está fazendo e irá direto a você:

— Bom dia dona...

— Carolina Maria de Jesus, às suas ordens.

— Dona Carolina, me chamo Audálio Dantas, estou fazendo uma reportagem para meu jornal, mas fiquei intrigado quando a senhora falou que está escrevendo um livro.

— E estou mesmo, mas é tanta coisa escrita em tanto caderno que acho que vou levar uma vida para publicar.

— Pode me mostrar?

— Entre, moço, que a casa é pobre e de gente digna.

O jornalista Audálio Dantas ficará maravilhado com tudo que ler.

— Dona Carolina, isto aqui é um tesouro. Vou parar imediatamente a reportagem sobre a favela e, se me permitir, publicar trechos de seu livro no jornal. Se quiser, ajudo a publicar em livro.

— Quero, sim, seu Audálio. Estou esperando o senhor desde quando uma voz começou a falar dentro da minha cabeça. E faz tempo, viu? Tinha eu sete anos de idade, e estava no primeiro ano do primário, em Sacramento, em Minas, quando isso aconteceu.

— Nossa, dona Carolina, mas quando a senhora tinha sete anos, eu nem tinha nascido! Como é que a senhora esperava por mim?

— Filho, isso que eu disse foi uma licença poética. É o jeito de eu dizer que um dia as dificuldades iam desistir de mim, e minha vez ia chegar.

O jornalista voltará para a redação do jornal intrigado com as palavras enigmáticas que você terá dito a ele, e abismado com o tesouro que encontrou nas páginas de seus dez, vinte, trinta, quarenta, não importa o número exato de cadernos: será uma verdadeira pilha de escritos, que até muito depois do ano 2.000 estarão sendo pesquisados publicados pelos editores.

Em casa, inquieto e ainda desconsertado com a descoberta, três frases de seus escritos martelarão a cabeça do jornalista:

Primeira: No dia 13 de maio de 1958 eu lutava contra a escravatura atual, a fome – 13 de maio é a data oficial do fim da escravidão no Brasil, mas você acusará que ela ainda não terá acabado!

Segunda: A cor da fome é amarela – acontecerá de ele também, em algum momento, ter sentido muita fome, e, realmente, sua visão terá ficado turva, amarelada!

Terceira: A favela é o quarto de despejo da cidade – quando ele for fazer a reportagem na favela do Canindé, sua intenção será mostrar a injustiça social em que os moradores vivem e, lá, verá carcaças de automóveis abandonados, móveis velhos descartados, depósitos de lixo a céu aberto... Realmente, a cidade tratará a favela como um quarto de despejo, onde se jogará tudo que não terá mais serventia... Mas como será possível que a cidade trate gente como se fosse coisa sem valor?

De 1958 a 1960, vocês dois trabalharão nos originais de seu primeiro livro *Quarto de despejo – Diário de uma favelada*.

Quando for lançado, o livro se tornará *best seller* (campeão de vendas) no Brasil e em todos os mais de dez países em que for traduzido – e isso só vai aumentar com o passar dos anos. Venderá mais de 2.500 cópias por semana.

— Minha mãe mandou eu teimar, e não é que eu teimei!

O sucesso desse livro lhe dará sua primeira casa de alvenaria, no bairro *chic* de Santana, zona norte de São Paulo, onde se formarão, todos os dias, filas de gente lhe pedindo ajuda e até em casamento...

— Um monte de joão ratão achando que eu serei sua dona baratinha, para passar a perna... Espertalhões.

Ahá, mas você não será Dona Baratinha... Será sempre...

— Carolina, a rebelde, a teimosa!

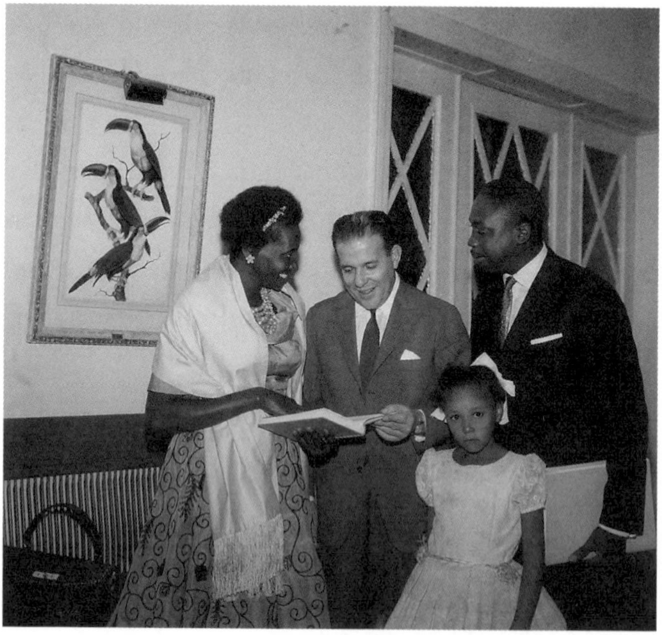

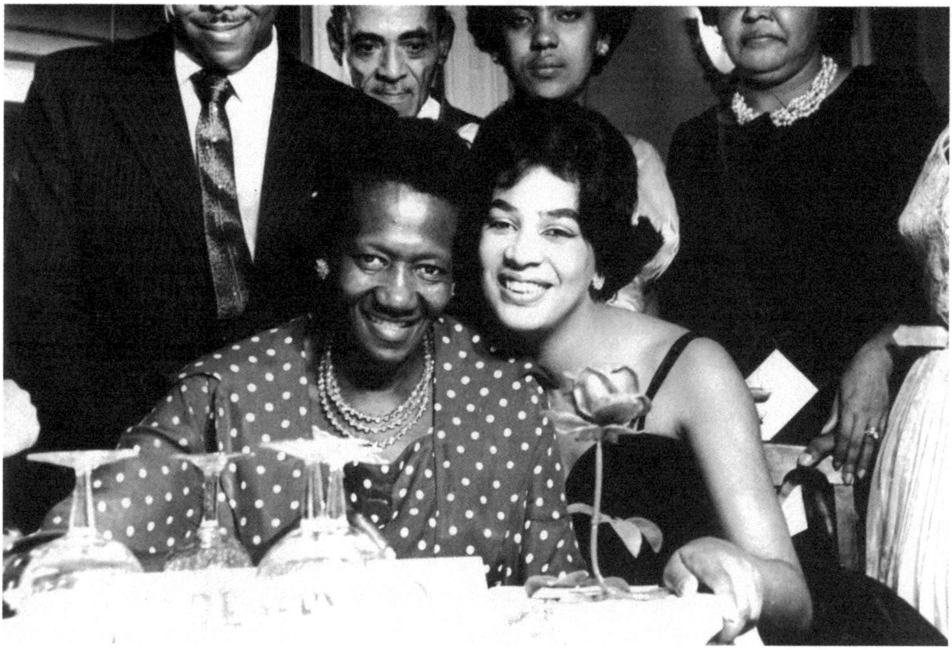

PARA SABER MAIS

Carolina Maria de Jesus

Uma biografia romanceada

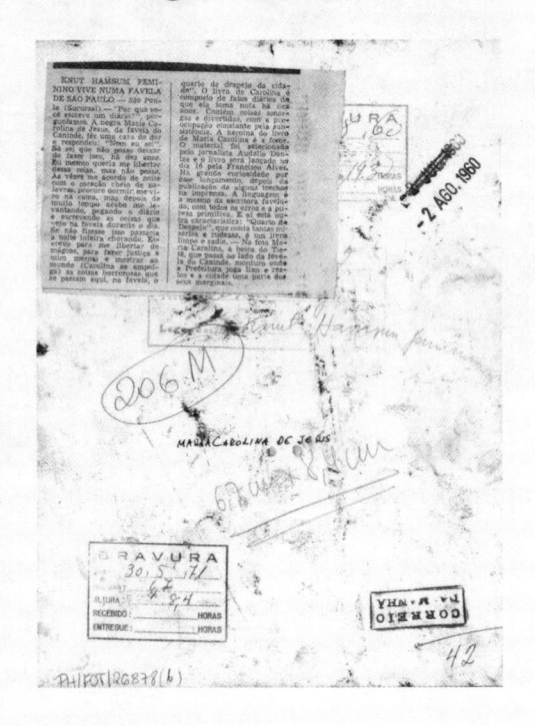

Carolina Maria de Jesus — Uma biografia romanceada representa a importante escritora mineira, cuja obra ganhou o mundo, sob duas perspectivas: a da ficção literária e a da história, uma vez que o texto principal é uma novela, porém cujo enredo é inteiramente baseado em fatos da vida real.

Todos nós necessitamos de referências para nos orientarmos; sem elas, torna-se impossível discernir o certo e o errado; sem elas, não podemos nos situar no espaço geográfico (de onde viemos, onde estamos e para onde vamos), nem no tempo histórico (que fatos são relevantes e como se deram na linha do tempo). Em certo sentido, no mundo do saber, referências são alavancas por meio das quais movemos o conhecimento, um pouco nas palavras de Arquimedes:

Deem-me uma alavanca e eu moverei o

mundo.

Porém, entre as principais referências que uma pessoa pode ter estão as outras pessoas — particularmente aquelas que, por sua conduta em face da vida e das decisões difíceis que tantas vezes ela impõe, agem de modo corajoso e sábio, tornando-se, por isso, exemplos de dignidade e humanidade: são verdadeiras alavancas que nos auxiliam a remover do caminho obstáculos aparentemente intransponíveis e nos inspiram a persistir no caminho da solidariedade, da justiça e da paz.

Carolina Maria de Jesus é, sem dúvida, uma das maiores referências humanas, artísticas e literárias da cultura brasileira. De forma lúdica, é como ela chega às mãos do leitor a partir da biografia romanceada de Jeosafá Fernandez Gonçalves.

O GÊNERO

A biografia é um gênero bastante praticado nos campos da História e do Jornalismo. Numa e noutro, busca-se por meio desse gênero representar uma figura humana de relevo histórico, social, político, artístico, cultural etc. Se no campo da História a biografia visa apresentar o resultado de uma pesquisa científica com base em fontes documentais, entrevistas, pesquisa bibliográfica, entre outras; no campo do Jornalismo a biografia tem mais o caráter de divulgação, voltada a para a informação do público leitor. Já a biografia romanceada é um gênero artístico do campo da literatura; aqui, o que está em jogo não é pesquisa científica, nem a veiculação de informações, mas a diversão e o prazer estético, ainda que baseados em fatos reais.

O AUTOR

Nascido em São Paulo (SP) em 1963, Jeosafá Fernandez Gonçalves é Doutor em Letras pela Universidade de São Paulo e Pesquisador Colaborador do Departamento de História da mesma Universidade. Docente da Educação Básica desde 1990 e do Ensino Superior desde 1996, foi da equipe do 1o. ENEM, em 1998, e membro da banca de redação desse Exame em anos posteriores. Compôs também bancas de correção das redações da FUVEST nas décadas de 1990 e 2000. Foi consultor da Fundação Carlos Vanzolini da USP, na área de Currículo e nos programas Apoio ao Saber e Leituras do Professor da Secretaria de Educação de São Paulo e ainda coordenador e diretor escolar entre os anos 2010 e 2020. Autor de mais de 50 títulos por diversas editoras, entre obras literárias, didáticas, teóricas, de formação para professores e infanto-juvenis, atualmente é editor da Serra Azul Editora e pesquisador da USP.

Para redigir *Carolina Maria de Jesus — Uma biografia romanceada*, Jeosafá Fernandez Gonçalves, que é também autor das biografias romanceadas *O jovem Mandela* e *O Jovem Malcolm X*, lançou mão tanto das técnicas literárias de composição ficcional quanto os métodos do campo da História, no qual é pesquisador na Universidade de São Paulo, exatamente no gênero biografia.

A partir do levantamento biográfico de Carolina Maria de Jesus, o autor traçou um retrato humano e afetivo da autora mineira, ajustando a linguagem para o público adolescente e jovem.

QUEM FOI A BIOGRAFADA

Carolina Maria de Jesus nasceu em 14 de março de 1914 em Sacramento, Minas Gerais. Como a maioria da população brasileira pobre da época, seus pais eram analfabetos e trabalhavam na roça. Entre os sete e oito anos frequentou a escola, tendo que a abandonar pelo trabalho no então segundo ano primário. Porém, aprendeu a ler e escrever rapidamente e desenvolveu o gosto pela leitura.

Desde criança acompanhará a família pelo interior de Minas Gerais e São Paulo em busca de trabalho, particularmente com a mãe, que além de lavradora, será também lavadeira, cozinheira e faxineira.

Em 1937, após a morte da mãe, migrará para São Paulo, fazendo o caminho de milhões de pessoas que, na falta de trabalho no campo, rumarão em busca de melhores oportunidades.

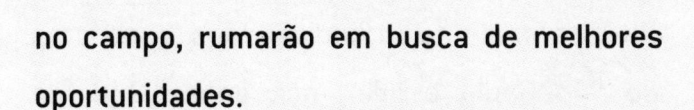

Após morar em pensões e cortiços do centro da cidade, aos 33 anos, desempregada e grávida, se mudará para a favela do Canindé, na zona norte da capital paulista, onde construirá sozinha seu barraco feito de madeira de caixotes reaproveitados e zinco. Trabalhará como catadora de sucata na região do Centro, Liberdade, Brás, Canindé, Belenzinho, Catumbi e imediações. Nas horas de descanso durante o dia, e à luz de velas ou lampião, à noite, escreverá, por anos a fio e diariamente, o que virá a ser um dos maiores sucessos da história da literatura brasileira, traduzido para mais de 40 países e ao menos 16 idiomas.

Seus escritos foram descobertos no ano de 1958 pelo jovem jornalista Audálio Dantas, futuro presidente do Sindicato dos Jornalistas de São Paulo e líder, nos anos 1970, da campanha de denúncia do assassinato do jornalista Vladimir Herzog pela ditadura militar brasileira. Audálio Dantas fazia então reportagem na favela do Canindé para o jornal *Folha da Noite*, hoje *Folha de S. Paulo*. Durante dois anos o jornalista e a escritora trabalharão nos originais desses escritos, que em 1960 será publicado sob o título *Quarto de despejo – Diário de uma favelada*.

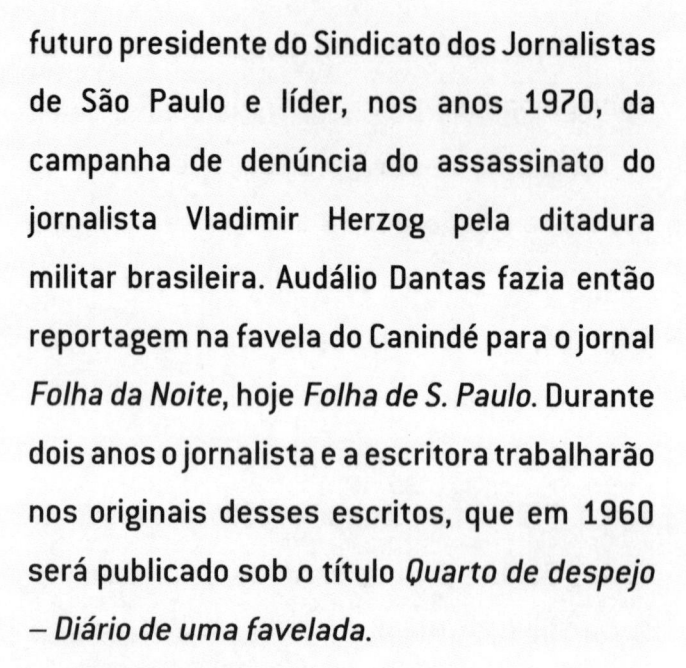

Após a publicação e o sucesso desse seu primeiro livro, a autora se muda para Santana, bairro então de classe média alta da capital. Três anos depois, publica o romance *Pedaços de Fome e Provérbios*. Em 1969, muda-se de Santana para um sítio em Parelheiros, extremo da zona sul da cidade, região rural da cidade, que lembrava a sua Sacramento, onde cresceu. Carolina teve três filhos, cada um de um relacionamento diferente, e cuidou deles sozinha, sem apoio dos pais das crianças ou governamental. Morreu em fevereiro de 1977, aos 62 anos, de insuficiência respiratória.

Da sua morte até os anos 2000, sua obra ficará um tanto esquecida pelas editoras, o que privará o acesso de novas gerações a ela. Porém, daí em diante, só crescerá o interesse de editores e pesquisadores por sua obra, agora redescoberta. Seis livros seus serão publicados após sua morte, a partir dos cadernos e materiais manuscritos deixados por ela, porém, como eles são numerosos, a cada dia, pesquisadores e universidades que estudam sua obra, inclusive no exterior, descobrirão novos achados e os publicarão.

Esse livro foi composto nas fontes
A song for Jennifer e Arnhem
durante o verão de 2021.

Impressão e Acabamento | Gráfica Viena
Todo papel desta obra possui certificação FSC® do fabricante.
Produzido conforme melhores práticas de gestão ambiental (ISO 14001)
www.graficaviena.com.br